近畿地方のある場所について

背筋

近畿地方のある場所について

背筋

情報をお持ちの方はご連絡ください。

短編「おかしな書き込み」

某月刊誌別冊　２０１７年７月発行掲載

都内在住の24歳会社員、Aさんは新卒でエンジニアとして入社したシステム会社の業務にも慣れ、刺激のない鬱々《うつうつ》とした毎日を送っていたという。

趣味もなく、彼女もいないAさんがストレス解消にしたのはサイト巡りだった。

「恥ずかしい話なんですが、いわゆるアダルトサイトってやつですね。最近だと動画の無料転載をやってるようなサイトも多いじゃないですか？　もちろん褒められたものではないと思うんですが。毎日寝る前にいくつかのそういうサイトを巡るのがほぼ日課みたいになってました」

なかでもひときわお気に入りのサイトがあったという。

「そのサイトは有名なレーベルの新作も転載していて、けっこうアクセスしてたと思います。ただ、ちょっと作りが独特で……。動画の再生枠の下って普通は他の動画へのオススメ枠になってることが多いんですけど、そのサイトはコメント欄があったんです」

これはエンジニアとしての俺の予想なんですけど、と前置きしてAさんは続ける。

「こういう界隈のサイトって法律のグレーゾーンで運用してることがほとんどなんで、いつ閉鎖してもおかしくない。そういった理由もあってか、とにかくサイト自体に手間をかけてないんですよね。具体的にいうと、別のサイトの枠組みを流用してることが多い。そのほうがイチから作らなくて済むから簡単なんですよ。だから、そのサイトのコメント欄も運営側が意図して作ったっていうよりかは、たまたま流用元にあったっていうような印象を受けました。無断転載のアダルト動画を観て、コメント欄で交流するような変人もいませんしね」

その予想を裏づけるように、コメント欄にコメントが書き込まれることはほとんどなく、あったとしても『動画が途中で切れてるぞ』や『こんな動画じゃなくて新作動画をアップしろ』などといったほとんど文句といってもいいものがまれに見られるくらいで、運営からの返信コメントがあることもなく、活用されている様子はなかった。


ある日、いつものようにそのサイトへアクセスしたAさんは妙な書き込みを見つけた。

「その動画はお気に入りのレーベルで売り出し中の、新人のデビュー作でした。見つけたときはラッキーって感じだったんですが、観終わったあとになんとなくスクロールしたらそのコメントが目に入ったんです」


『かわいい。うちへきませんか。』


「第一印象としては、インターネットの使い方をわかっていないおじいさんとかが書き込んだのかなと思ったのですが、なんだか妙な雰囲気がして心に引っかかっていました」

ひと月ほど経って、そのサイトで同じ女優の新作をAさんは見つけた。

「もう二作目出てるんだ、なんて思いながら観たんですが、そこでまた書き込みを見つけました」

『うちへきませんか。かきもありますよ。』

「直感的に、同じ人だなと思いました。もちろん、こんなところでコメントしても女の子本人が読むはずもないし、文章も意味不明だし気持ち悪いなって感じました」

そのあとも不定期に転載されるその女優の動画には似た文体のコメントが必ずといっていいほど書き込まれていたという。それらは、ほとんど書き込みのないコメント欄でかなり目を引いた。

「俺もだんだん楽しみになってきて、その女の子の動画が投稿されるとコメントがついてないか確認するようになっていました」

そんなことを続けて数か月、また例の女優の出演作が転載されている動画が投稿された。そのコメント欄にはこう書き込まれていたという。

『お山にきませんか。かきもあります。』

その日は仕事で上司に叱られたこともあり、Aさんの頭に暗い好奇心が湧いたという。

「ちょっとからかってやろうかな程度の考えでした」

そのコメントの返信欄に書き込みをしてみたのだ。

『お山にきませんか。かきもあります。』

『いつもコメントありがとうございます！　○○（出演女優の名前）です。おうちはどこなんですか？』

書き込んだはいいものの、返信したことで一旦満足してしまい、その日を終えるとAさんはそんな書き込みをしたことも忘れてしまっていたという。

次にそれを思い出したのは、新しく投稿されたその女優の動画だった。コメント欄にはこうあった。

『なぜこない。まって居るずっと。』

「慌てて前回返信したコメントのある動画ページまでアクセスしたんですが、俺がいたずらでした返信に、さらに返信がついていたんです」

『お山にきませんか。かきもあります。』

『いつもコメントありがとうございます！　○○です。おうちはどこなんですか？』

『●●●●●-●●-●●●（実在住所のため伏せる）』

「番地まで全て書いてあったんです。さすがに驚きました。相手は本気なんだなって。同時に自分は本当にヤバい人に返信をしてしまったんだなとも思いました」

恐怖を感じながらも、ふとAさんは思いたち、地図アプリで検索をかけてみたという。

「別に目的があったわけではないんですが、こんなにヤバい人はどんな家に住んでるんだろうと思って」

表示された場所を見て、驚いた。

「家じゃなかったんですよ。神社でした。それも田舎のほうにあるかなり古い神社。ストリートビューで見たら小高い山の上にある神社みたいで。ふもとの車道の脇道に古ぼけた鳥居が立っていて、そこから山の上のほうに本殿へ続く階段が伸びていました。本殿も荒れてたし、廃墟になってたんじゃないかな」

「もうこれ以上深入りしたくなくて。それ以降そのサイトにはあまりアクセスしないようになりました。ただ、一度だけ何かのきっかけでアクセスしたことがあったんです。そのときもたまたまその女の子の動画がアップされていて……」

そこにはこうコメントされていた。

『こしいれせよ』

某週刊誌　1989年3月14日号掲載

「実録！　奈良県行方不明少女に新事実か？」

数年ぶりに関西に雪が降ったその日、少女はこつぜんと姿を消した――――。

1984年2月、奈良県在住の8歳の少女Kちゃんが学校帰りに行方不明となり、5年が経つ現在も発見に至っていないというこの事件、小誌の愛読者であればピンとくるだろう。編集部では数年にわたりKちゃんの消息をあらゆる観点から調査してきた。失踪当時の不審点の多さなどから、変質者による拉致説から未確認飛行物体による誘拐説まで多くの説を検証してきたが、そのどれもが推測の域を出ないものであった。

この度、編集部の独自取材により新事実が発見されたことを受け、新たな可能性を提唱したい。

小誌読者にとっては周知の事実だろうが、この事件を怪事件たらしめているのは、失踪当時の状況の不自然さにあるだろう。

失踪当日、小学2年生だったKちゃんは同級生のYちゃん、Eちゃんとともに下校していた。Kちゃんの自宅は往来の多い住宅街を、袋小路になった路地に入った先にあり、もう少し住宅街を歩いた先に自宅があるYちゃん、Eちゃんと別れる形で一人、路地に入っていった。その路地に入ってからKちゃんの家までは40mほどしかないにもかかわらず、Kちゃんは玄関のドアを開けることはなかった。

路地にはKちゃん宅の他に4軒の家があるが、そのどれもが家族や高齢夫婦のものであり、本件に関与していたとは考えにくいことが警察の捜査により明らかになっている。つまり、路地の入り口から自宅までのたった数十メートルの間にKちゃんは消えてしまったのである。

Kちゃんの家を含む周囲の家の室内や庭に侵入の痕跡がなかったこと、Kちゃんが失踪した午後4時過ぎは住宅街には人通りが多かったにもかかわらず目撃証言が皆無だったことから、現代の神隠しとしてワイドショーを騒がせた。

身内による犯行と推理した報道合戦に耐えかねたKちゃんの親族が、事件から2か月後に自ら命を絶ったことも本件を印象深いものにしている。

そこから月日が経った現在も捜査に進展がない本件に関して、興味深い情報が集まってきたのだ。

・霊視実験

1988年7月13日21時から22時の間に○○系列にて『TVの力~行方不明者捜索スペシャル~』という番組が放送された。いくつかの失踪事件の内容を伝えながら視聴者から生放送で情報を募る内容であり、そのなかには大きく時間を割く形でKちゃんに関するものも含まれていた。

放送内ではKちゃんのパートのみ、事件内容の紹介と視聴者からの情報募集に加え、来日したアメリカの霊能者○○○氏による霊視での居場所特定が行われた。霊視実験にはKちゃんの写真と日本地図、近畿地方の地図を用いた。その際、霊視を終えた氏はうろたえた様子を見せつつもこう話したのだ。

「残念ながらKちゃんは生きてはいないと思う。しかし、霊視対象が死んでいた場合、私には写真の中の人物がかすんで見えるが、Kちゃんはかすんでいない。こんなことは初めてで驚いている。

Kちゃんは生きてもいなければ、死んでもいないとしか答えようがない」

また、Kちゃんの居場所をレポーターから尋ねられた氏は近畿地方の●●●●●にある●●●●●一帯を指した。だが、そこはKちゃんの自宅からは遠く離れており、同番組に出演していた母親は、Kちゃんはもちろん家族でも訪れたことがないと話した。

番組では●●●●●については後日スタッフで調査を行うとしつつも、この放送内では有力な手がかりは得られなかったと結論づけられた。この放送以降、調査の続報はない。

・奇妙な体験談
前回の本件の特集掲載号が発売されてから、多くの読者より編集部宛に連絡があった。そのなかで、数名から似たような証言を得ている。まずは長距離トラック運転手のIさんの話を紹介したい。

＊＊＊＊＊

仕事柄、夜を通してトラックを運転することが多いんですが、その日も深夜3時ぐらいに●●●●●の辺りを走っていました。

あの辺りって、寂しいところじゃないですか。山とダムの間に国道があって、いくつか家はあるけど、夜になると私らみたいな峠を越えるための大型トラックが通るぐらいで本当に静か。街灯も少ないからハイビームにしないと見通しもきかないくらいでした。

確かそろそろ峠に差しかかるくらいかなってところでした。女の子がいたんです。ランドセル背負ってピンクのセーターを着た。国道の端っこで道に背を向ける格好で立ってました。

これはただごとじゃないなと思ってすぐに幅寄せして降りましたよ。近づいていっても女の子は後ろ、つまり山のほうの林に体を向けたまんまなんです。普通は誰かが近寄ったらこっちに視線を寄越したりすると思うんですけどそんなことも一切なく。

そのとき初めて、ああこれはもしかしてお化けとか幽霊とかなのかもしれないと思い始めました。ただ、そうじゃない場合のことを考えると女の子をこんなところに放っておけるはずもありませんから、近寄って「大丈夫？　どうしたの？」って声をかけながら顔をのぞき込みました。

その子、笑ってたんです。満面の笑みっていうんですか？　すごい笑顔で目だけ上を向けながら。もう本当に怖くて膝が震えました。でもなんとか「お家は？　お名前はなんていうの？」って聞くと、そのまんまの顔で言ったんです。

「Kはね、お嫁さんになったの」

どうすればいいのかわからず「とにかくおじさんと一緒にトラックに乗ろうか」って言ったら、次の瞬間女の子が林の中へ走り出したんです。ええ。もちろん真っ暗な中へですよ。

私、もう怖くて怖くて。あとなんて追えませんでした。警察？　もちろん通報しました。一応調書みたいなものは取られましたけど、逆に「運ちゃんお酒飲んでたんじゃないの？」なんて言われて。ただ、妙に対応が淡々としてたというか、慣れてる感じだったのが気になりましたね。

それからしばらく経って、地元の交番でKちゃんの貼り紙を見たんです。名前も服装も全く同じで。こんな変な話、誰に言っても信じてくれないと思ったので、そちらに連絡しました。

＊＊＊＊＊

このIさんの証言の他にも「友人が●●●●●の辺りでKちゃんらしき子どもを見た」などの話が複数寄せられていた。そのどれもが夜に●●●●●の一帯でKちゃんを見たという点で共通している。ほとんどのケースでは声をかけずに逃げる、もしくは声をかける前にKちゃんのほうから去ってしまっている。

・親族の死

本記事の冒頭でも触れた通り、Kちゃんの失踪から2か月後、親族が自殺している。報道では一部の心無いメディアにより心を病んだ末の自殺とされているが、関係筋から得た情報は、異なるものだった。

報道では親族という表記にとどめられ、Kちゃんの行方不明にまつわる悲劇の一端として触れられる程度であったが、自殺した親族とはKちゃんの父方の叔父にあたるMさんである。

まず、MさんはKちゃん家族とは同居していない。勤務先である奈良県の施工管理会社の独身寮に暮らしており、Kちゃん一家とは数か月に一度の家族付き合いがある程度だ。Kちゃん失踪の3週間ほど前にはKちゃん一家の自宅へ招かれ、夕飯をともにしてはいたが、日頃から特別懇意な間柄でもなかったという。

Mさんに関してもう一点触れておきたい。Mさんの勤務先の施工管理会社はダムの管理を主に手がけており、そのなかには●●●●●にある●●●●●ダムも含まれる。そして、管理技士であるMさんが1月より派遣されていたのがまさに●●●●●ダムだったのである。

Mさんが自殺した際、遺書などは見つからなかったという。

以上を踏まえ、編集部はMさんがKちゃん失踪に何らかの形で関与していると考えている。しかし、その考えを構成するいずれもが証拠に乏しくいまだ推論の域を出ない。引き続き真相解明に向けて調査を続行していく。

『近畿地方のある場所について』1

はじめまして。背筋《せすじ》と申します。本作品――と呼んでいいのかは疑問ですが、ともかくこれらの文章群に目を通していただき、誠にありがとうございます。

私は東京でライターを生業としています。背筋とはこの作品のために便宜的《べんぎてき》につけたペンネームであり、本職では別の名前で活動しています。

ライターとして主に手がけるジャンルはオカルト雑誌や怪談雑誌、まれにラジオや地方番組の怪談の構成に携わることもあります。弱小出版社での編集者を経て、20年ほどこの分野の隅のほうで活動していますが、いかんせんニッチなジャンルですので最近ではグルメ誌、ギャンブル情報誌などジャンルを問わず仕事を請け負いながら細々と食いつないでいます。

急な作者の自分語りに戸惑われる方も多くいらっしゃることでしょう。しかし、私自身のことも含め、これからお伝えする内容はこの作品をお読みいただくにあたり、とても重要な情報です。また、その内容を理解いただいた上で、可能であればご協力いただきたいことがあるのです。

それが、私がこの作品を発表する動機でもあります。どうか最後までお読みください。

私の友人が消息を絶ってしまいました。その情報を提供していただきたいのです。

まず、初めにことわっておきたいのですが、この作品に収録されている文章の作者は私ではありません。

失踪した私の友人、小沢《おざわ》くんでもありません。

彼の勤務先（現在では元勤務先）の出版社から刊行された雑誌を中心に、様々な媒体から抜粋したものを『近畿地方のある場所について』というタイトルの作品としてまとめました。そして、この作品にまとめられた文章の多くは「ある場所」に関連しています。

「ある場所」、厳密にいうと「複数地域にまたがったある一帯」は本作品のタイトル通り近畿地方にあります。

その場所は県をまたいでいることもあり、呼称は全て統一されているわけではありません。しかし、地図を広げれば恐らく一筆書きに丸で囲めるであろう一帯です。

後述しますが、とある理由により、読者の皆さんには場所をお伝えしたくありませんので、「ある場所」の範囲内に該当する文章中の土地の固有名詞は全て●●●●●といった形で伏字にしています。

今も見つからない彼、小沢くんと知り合ったのは4年ほど前、日本が新型コロナウイルスの脅威にさらされる前年のことでした。

SNSを介して知り合ったホラー好きの集まり、いわゆるオフ会でのことです。私自身、大のホラーマニアということもあって、こういった集まりには職業的なネタ探しも兼ねつつよく足を運んでいました。

それは確か高円寺のカフェで少人数で開催された、ホラー映画を語り合うコミュニティのオフ会だったと記憶しています。

彼は当時の彼女（数か月後に振られてしまったと話していましたが）と一緒に参加していました。ホラー好きなのは彼女のほうで彼はどちらかというとホラーも含めた映画好きなようでした。しかし、好奇心が旺盛な彼はめいめいに語り合うメンバーのホラー映画談義に熱心に聞き入っており、席が隣だった私にも積極的に話しかけてきたのが印象的でした。私は私で、彼が人懐こく聞き上手だったこともあり、ついつい映画という本来の趣旨から逸れ、ライター経験のなかで出合った怪談や都市伝説を披露していました。

当時彼は大学2年生で、ふた回り近く歳の離れた私と盛り上がれたことをとてもうれしく感じたのを憶えています。そのオフ会をきっかけに、ＳＮＳを通じて彼とはたまにリプライなどで近況を報告し合うような仲になりました。


彼からダイレクトメッセージを受け取ったのは1年ほど前のことでした。

「お久しぶりです！　実は出版社に内定をもらって、春から働いてるんです。しかも配属された部署がオカルト向けの雑誌も作ってるところで……！　これはご報告しないといけないなと思いまして。業界の大先輩に久々にご挨拶もしたいですし、飲みに行きませんか？」

数年ぶりに対面した彼は、気のせいか社会人然とした顔つきに見え、二度目の会合にもかかわらず感慨深い気持ちになったものです。

行きつけの中野の居酒屋で乾杯を済ませ、軽い近況報告の後彼が口にした内定先は、偶然にも私も何度か仕事を請け負ったことのある、雑誌・書籍を中心に刊行する中堅どころの出版社でした。

「編集志望、なかでも文芸志望だったんですよ。でも配属先は希望通りじゃなくて……。まあとりあえずは編集者になれたので今の環境で頑張ってみようと思います」

彼が配属されたのはＭＯＯＫ《ムック》編集部という部署でした。ＭＯＯＫという名称になじみのない方のために説明しておくと、ＭＯＯＫとはＭＡＧＡＺＩＮＥ《マガジン》とＢＯＯＫ《ブック》を合わせた名称であり、別冊などと呼ばれることもあります。定期誌ではない単発モノの雑誌や、コンビニ本などがそれにあたります。彼はＭＯＯＫ編集者として働くことになったのです。

「とはいえ新卒の素人《しろうと》ですから、最初から1冊を任せてもらえることなんてなくて、今は先輩について回ったり、雑用したりがほとんどです」

そんな彼もつい先日先輩社員からチャンスをもらえたのだそうです。

「普通は2、3か月スパンで1冊作るのがほとんどなんですが、僕は新人なので先輩のお手伝いもこなしつつ、1年で1冊担当させてやろうって言ってもらえて。ところで、うちが発行してた月刊○○○○ってご存じですか？」

彼が口にしたのは、業界では有名なオカルト専門誌でした。

20年以上の歴史のあるオカルト界の老舗で、もとは芸能なども扱う写真週刊誌○○○○のコラムから派生して創刊されたものです。

実話怪談の短編や心霊スポットレポート、都市伝説、未解決事件やＵＦＯまでなんでも扱う節操のなさが逆に読者の評価を得て、オカルト好きやホラー好きの間にはいまだに熱狂的なファンがいます。ただ、出版不況のあおりを受け数年前に休刊し、編集部も解体。以降はＭＯＯＫとして別冊○○○○という名前で不定期で刊行されたり、コンビニ本として別名で刊行されたりしています。

かくいう私も駆け出しの頃はよくライターとして執筆しており、休刊以降の別冊でも何度か発注を受けていました。最近は久しく仕事の依頼は来ていませんでしたが……。彼の初仕事がその別冊○○○○の次号の編集だというのです。

口には出しませんでしたが、私には彼の先輩の思惑がすぐに理解できました。今どきオカルト専門誌が爆発的に売れるわけはなく、よっぽどコアなファンか、興味本位で購入する読者がほとんどですから、ある意味新人の練習としてはぴったりなのです。聞けば、別冊○○○○は、固定の編集担当もおらず、製作タイミングで手の空いているＭＯＯＫ部署の編集者が持ち回りで担当につくとのことで、注力外の商品であることが透けて見えるようでした。

そんな私の考えとは別に、彼は初めての担当誌に大いに張り切っていました。

「ＹｏｕＴｕｂｅのホラーチャンネルでよく突撃してるような心霊スポットを、有名配信者インタビューなんかも交えながら取材する企画を提案してみたんですけど……」

彼の提案は全て先輩に却下されたそうです。その理由も大方私には想像できましたが……。

「取材や新規の書き下ろしはそれだけお金がかかる。お金をかければいい内容にもなるだろう。でも、まず新人はお金をかけずにいいものを作るために頭をひねれって言われちゃいました」

編集指導としてもっともらしく聞こえはしますが、要するに予算を割きたくないのだと私は感じました。その証拠に、近年発行されている別冊○○○○は全て過去の月刊誌からの流用記事を組み合わせたつぎはぎで作られており、どれも既視感を感じるものばかりで、外部の私の目から見ても外注費を極力かけずに作っていることが明白でした。

「お金をかけずに作るってなると過去に掲載したものからの流用になると思うんですけど、せっかく担当させてもらえるんだから自分なりに徹底的にやりたいなと思って」

驚いたことに彼は週刊誌時代のコラムを含む過去のバックナンバー全てに目を通すことにしたのだそうです。その数、数百、もっとでしょうか。しかし、好奇心旺盛な性分と初仕事にかける熱意も手伝って、彼はそこまで苦には感じていないようでした。

「リモートワークの合間を縫って、会社の書庫に立てこもって読んでるんですよ。バックナンバー以外にも取材資料がたくさんあるんですけど、段ボールに詰め込まれてるだけで全然整理されてなくて。そっちのほうを確認するのはちょっと時間がかかっちゃいそうです。とりあえず全部目を通してからテーマを立てて、それに沿った特集を考えてみようと思います。ちょっとだけど、新規取材とか文章の発注もできるぐらいの予算はもらえたので、企画が固まったらぜひお仕事を依頼させてください」

友人の初仕事に立ち会えるのは私としてもとてもうれしく、すぐに快諾しました。

彼から再び連絡があったのは、それからひと月ほどあとのことでした――

某月刊誌　2006年4月号掲載

「林間学校集団ヒステリー事件の真相」

関西の名門私立R中学校は、２００２年に報道された林間学校での集団ヒステリー事件で全国区の知名度となった。生徒をはじめ多くの目撃者が証言したその内容は常識では考えられないものだったのである。

怪奇事件として多くのメディアを騒がせつつも集団ヒステリーが原因として一応の解決を迎えたこの事件、当時同中学の2年生であり、林間学校で事件を目の当たりにしたというUさんに独占インタビューを敢行した。以下がその全文である。


*****

ニュースでは集団ヒステリーだとか散々言われてましたけど、あれは絶対そんなのじゃないです。私も友達も、なんだったら先生も一緒に見てましたから。

もう4年前になるんですね。当時のクラスメイトと集まってもいまだにこの話はタブーみたいになっちゃってます。人が死んじゃってますから。

私が通ってた私立中学は2年生になると林間学校みたいな感じで泊まりでの野外活動をするんですよ。先輩たちは、岡山のほうに行ってたらしいんですけど、私の代から行き先が変わって、●●●●●にある、保養所っていうんですかね？――そんなところになったんです。ああ、知ってますよね。ニュースでもよく映ってたし。

なんでも最近できたばっかりらしくて、すごくきれいな建物でした。学校のそういう行事で使われるとき以外は会社の研修とかでも使われるらしくて、青少年自然の家的なボロい感じじゃなかったから、みんなすごく喜んでました。

昼はちょっとした登山みたいなウォークラリーと、近くのキャンプ場で飯盒炊爨《はんごうすいさん》して、夜はその保養所の食堂でご飯食べたあとはクラス毎に出し物したりして、けっこう楽しかったです。で、多分夜の8時ぐらいだったと思うんですけど、就寝時間まで各部屋で自由時間があったんです。

その建物は表玄関は国道のほうに面してて開けてるんですけど、宿泊部屋は山に面した奥側にあったんですよね。

四人一部屋で、窓を開けるとちょっとした狭いベランダがあって、目の前はもう山に続く真っ暗な林。林に面した部屋はどれも同じ構造で、それが2階建てになってました。そんな感じなので自由時間は隣の部屋の子とベランダ越しにお話ししてる子もいました。男子は大声で上の階のベランダにいる子と伝言ゲームしたりしてましたね。

私はそのとき部屋で仲良しの子とトランプしてたんですけど、ベランダのほうが騒がしくなってきて。気になってベランダに出てる子に声をかけてみると「変な声がする」って言うんですね。

「えー。怖いねー」なんて言いながら私たちもベランダに出ました。

もうその頃には各部屋のベランダにみんなぎゅうぎゅうになって身を乗り出してて、上の階のべランダからも「え？　なに？」とか「聞こえる？」とか声が聞こえてきました。

確かによく耳を澄ませてみると林の奥のほうから聞こえてくるんです。


「おーい」


助けてほしい感じじゃなくて、呼びかけてるみたいに一定間隔で聞こえてくるんです。多分男の人の声でした。

で、他のクラスのやんちゃな感じの男子が、よせばいいのにふざけて「おーい　おーい！」って返事したんです。じゃあまた、「おーい」って。それに返事するみたいにしてその男子が「おーいおーい！」って叫んで仲間とゲラゲラ笑ってるんですよね。

そんなことを何回か続けてると、誰かが「なんか、近づいてきてない？」って。

確かに、最初は聞こえるか聞こえないかぐらいだったのがもう今ははっきりと聞こえるぐらいになってたんです。でも、光は各部屋の電灯の明かりだけでしたから、ベランダから見える林なんてほんの数メートルぐらいで。ただ、感覚的には昼であれば確実に見えてるだろうって距離には近づいてきてる感じがありました。

その頃になるともうみんな、怖い怖いって大騒ぎで。ベランダしめて部屋の中に逃げる子とか、「先生呼んでくる」って言ってる子とか、色んな声が他のベランダから聞こえてました。

私ですか？　もちろん私も怖かったんですけど、好奇心のほうが大きくて。私の部屋の子はみんなまだベランダに出てたし、一緒に林のほうを見てました。

そのとき、隣のベランダの女の子が林に向かって大きめの声で言ったんです。

「どうかしましたか？」

その子は別のクラスの学級委員長だったんですけど、生徒会にも立候補してたので、私も顔は知ってました。多分その子のことだから、冷やかし目的じゃなくて本当にどういうつもりなのかを確認しようとしてるんだろうなと思いました。

他にベランダに出てた子たちもなんとなく、その子の呼びかけに対しての向こうの返答を待つみたいな雰囲気になって、一気に静かになったのを憶えてます。

「おいでー　こっちにおいでー　かきがあるよー」

はっきりした声で、そんなことを言ったんです。でも、なんていうのかな。心がこもってないっていうか、本当に棒読みをしてるみたいな感じで。もっというと、日本語の意味をわかってない人が話してるみたいな。人の真似をした動物が話してるみたいな感じでした。

みんな怖いよりも先にあっけにとられてしまってたんですが、その女の子がこう聞き返しました。

声がちょっと震えてたのを憶えてます。

「どういう意味ですか？」

この言葉を言い終わらないうちに、声が聞こえ始めました。

「おいでー　こっちにおいでー　かきがあるよー　おいでー　こっちにおいでー　かきがあるよー
おいでー　こっちにおいでー　かきがあるよー　おいでー　こっちにおいでー　かきがあるよー」

繰り返し始めたんです。

他のベランダの誰かが「いやー！」って叫んだのがきっかけで、みんな半狂乱で部屋に戻り始めました。

私たちもほとんど泣きながら急いで部屋に戻ろうとしたんですが、急に「おい！　誰だ！」っていう怒鳴り声が聞こえて先生が来たんだと気づきました。私のいる部屋からは角度的に見えませんでしたが、2階のどこかのベランダに先生がいる様子は伝わってきました。そのとき私はもう部屋の中に半身を入れて振り返る格好になってましたが、パッと丸い光が林に当てられたのを見たんです。先生が懐中電灯を当ててたんだと思います。

しばらく光はウロウロ林の中を照らしてましたが、そこに一瞬何かが照らされたんです。今でもあれが何かはわからないんですが、多分人だったと思います。

全部が見えたわけじゃないんです。照らされたのは足元だけでした。異様に白くて大きな裸の足。靴も履いてなくて裸足でした。

すごく大きかったんです。あの足の大きさだと、全身は３ｍぐらいになるんじゃないかな。それが、サッて走っていったんです。

そのあとはみんな先生に食堂に集められて、不審者がいるから警察に通報したこと、今夜は絶対にベランダには出ないことを言いつけられて、就寝させられました。でも、けっこうショックを受けた子が多くて、具合が悪くなっちゃった子もいたみたいで。次の日はダム見学に行く予定だったんですけど、取りやめになって前倒しで家に帰ることになりました。

あとで学校からこのことについての説明会があったらしくて、うちのお母さんも行ったんですけど、不審者がいた形跡もなかったそうです。あと、学校帰りとかにマスコミに色々聞かれても答えるなって言われました。

ここから先は多分学校の生徒しか知らないと思うんですけど、あのあと学級委員長の女の子、ちょっとおかしくなっちゃったんです。

授業中急に立ち上がって「山に行きたい」とか叫びだしたりして。学校来なくなっちゃいました。

で、そこから何か月かして死んじゃったんです。先生ははっきり説明しませんでしたけど、自殺しちゃったらしいです。学級委員長と同じクラスでお通夜に行った子から聞いたんですけど、棺が完全に閉じてて顔を見られなかったそうです。

最後のお別れしたかったのにって悲しんでました。

某月刊誌　１９９３年８月号掲載

短編「まっしろさん」

そのマンションに住む子どもはおかしくなるという。

そのマンションは6年ほど前、ニュータウンブームのさなかに●●●●●の山の片側を削り、土地を造成して建設された。

都市部からは離れつつも、車であれば十分通勤が可能な距離にあるロケーションも手伝い、完成当初から満室になるほどの人気ぶりだったそうだ。

1000戸を超える多棟型のマンションの敷地内には公園などもあり、ひとつの小さな街のような様相を呈していた。地元民が今も住む古い家屋が残る街のそばに、新築のマンション群が生える光景は異様なコントラストを生んでいたという。

住民は都会を離れて子育てをするために移住してきたファミリー層がほとんどで、日中の公園には母親たちが幼い子どもを連れて集まり、隣近所を訪ねてお茶をしたりと入居早々にあちこちで母親同士のコミュニティが形成された。

Aさん一家もマンションの完成と同時に住み始めた住人だった。

Aさん一家は専業主婦のAさんと会社員の夫、10歳になる娘のBちゃん、以前から飼っている猫の三人と一匹暮らしだった。Aさんは夫とBちゃんを朝送り出すと、日中は家事の傍ら、ご近所付き合いという名の母親同士の井戸端会議に参加することが多かった。

そのことに気づいたのは引っ越して数か月ほど経ってからだった。

Bちゃんの様子がおかしくなった。

以前も年相応のわがままを言うことはあったが、そのマンションに引っ越してからは少し様子が違っていた。飼っている猫のしっぽをわざとふみつけたり、スーパーで生鮮食品売り場のトマトを握りつぶしたりとBちゃんの年齢では不自然な行動が目立つようになった。その場で叱ると一応言うことは聞くのだが、しばらく経つとまた同じようないたずらをする状況にAさんは頭を悩ませていた。

夫と相談し、環境の変化がストレスになっているのではないかとしばらく様子を見ることにした。ある日、仲が良い母親たちとの立ち話でそのことについてAさんは軽く愚痴をこぼした。すると、同じくらいの年齢の子どもを持つ母親たちが口々に同じようなことを言い始めたのである。

蝶々を捕まえては羽をむしって砂に埋める、上階から植木鉢を落とす、通りすがりに赤ん坊の乗ったベビーカーを蹴るなど、引っ越す以前はしなかった悪質ないたずらが増えたのだという。

Aさんもつい先日、マンションの敷地で恐らく小学生くらいの子どもたち数人が花壇の花を引き抜いて投げ捨てているのを目にし、注意したことを思い出した。

Aさんたちは、子どもたちが引っ越し後に通い始めた小学校が原因ではないかと考えた。というのも、そのマンションに住む子どもたちは必然的に皆、同じ小学校に通っており、多くの時間をそこで過ごすからだ。

その小学校は地元の子どもたちが通う学校として古くからあったが、マンション建設に合わせて校舎を建て直し、教職員も増員して引っ越してきた子どもたちを受け入れた。結果として、その学校に通学する生徒は「地元の子」と「マンションの子」が混在することになった。

Aさんたちは学校の参観日に合わせて、教師に学校で最近悪いいたずらが流行《はや》っていないかを尋ねた。教師は、特にそういうことはないと話したあとしばらく考えてから、実はマンションの子どもだけでしている秘密の遊びがあるようだと言った。

その遊びは地元の子どもが参加してはいけないらしく、仲間外れになった地元の子どもが泣きながら教師に相談することもあり、教師の間でも少し問題になっているそうなのだ。

Aさんはその日、帰宅したBちゃんにその遊びについて聞いてみた。最初は渋っていたBちゃんだったが、誰にも言わないという約束で内容を話し始めた。


その遊びは「まっしろさん」という。

誰が始めたのかはわからない。ただ、マンションの子はみんなやっている。「まっしろさん」には大人や地元の子は参加してはいけない。マンションの子だけの秘密だからだ。

「まっしろさん」は鬼ごっこに少しだけ似ている。人数は四人か六人ぐらいで始めるが、特に決まりはない。

まず男女に分かれる。男の子はじゃんけんをし、負けた子が「まっしろさん」となる。男の子がじゃんけんをしている間に女の子たちは走って逃げる。「まっしろさん」になった男の子は女の子のうちの一人を追いかけて捕まえる。「まっしろさん」以外の男の子はその手助けをする。女の子のいる場所を知らせたり、逃げることを邪魔したりする。ただし、「まっしろさん」以外は女の子に触ってはいけない。

「まっしろさん」が女の子を捕まえることに成功すると、「まっしろさん」は女の子に「身代わり」を要求をする。

内容は、あるときは消しゴムだったり、あるときは靴下だったりとそのときによって異なる。その「身代わり」を女の子は「まっしろさん」に渡さなければならない。渡さないことは許されない。怖いことが起きるからだ。

捕まった女の子が「身代わり」を渡して初めて「まっしろさん」は終わる。何時間かかろうが何日かかろうが「身代わり」を持ってくるまで「まっしろさん」は終わらない。その間捕まった女の子は口をきいてもらえない。

その遊びの内容を聞いたとき、Aさんは不気味に感じた。子どもの遊びではなく、それ以外の何かという印象を持った。

その晩、家族が寝静まった家でAさんは玄関のドアが閉まる音を聞いた。Aさんと夫は同じ部屋で寝ているので、物音の主は引っ越してから子ども部屋で一人で寝るようになったBちゃんになる。寝室から出ると、玄関でBちゃんが靴を脱いでいるところだった。たった今帰ってきたようである。

深夜に一人で外出していた理由を強く問いただすと、「身代わりを渡しに行った」のだという。誰に会っていたのかを聞いても「まっしろさん」としか答えない。続いて、何を渡しに行ったのか聞くと一言、「ミケ」と飼い猫の名前をつぶやいた。

リビングには小さな血だまりがあり、そばに転がっていた花瓶には血に濡れた毛がこびりついていた。

Aさん一家はほどなくして引っ越しを決めた。

ネット収集情報　1

○ちゃん（12）。同居していた夫（35）が事件に関わったとみて事情を聴いている。

同署によると、被疑者が以前より近隣住民に「近々、家族でお世話になった方に会いに●●●●●の山へ行く」と話していたという証言を得ていること、被疑者宅と●●●●●ダムに相当の距離があることから共犯がいる可能性も踏まえて捜査する方針。

＊＊＊＊＊＊

【2020年5月27日生配信アーカイブ　『ゆきひろの心スポ凸ちゃんねる』より】
※現在削除済みのため以下複数ネット掲示版に投稿されている動画内音声の書き起こしを転載

（配信開始）

どーもこんばんは　今日も元気に心スポ突撃ゆっきーです

えー　今日はね　リクエスト多数もらっていた●●●●●にね　とうとう突撃することになりました
こちら　このチャンネルの視聴者さんならとっくに知ってると思うんですが　関西最恐の心霊スポットなんて呼ばれてるわけですけども　なんといっても見どころの多さですよね　ダムに廃墟にトンネルと　心霊スポットのデパートかよなんてどうせなら全部行っちゃえってことで　とりあえず第一弾として●●●●●トンネルに突撃したいと思います

【『不審者情報データ掲示板』より】

場所：●●●●●交差点付近
発生日時：2018年10月19日16時20分頃
実行者の特徴：推定50代、男性、坊主、肥満体型、徒歩、ブルーのジャンパー
内容：下校中の小学生女児に対して「山に連れていってあげる」との声かけ

場所：●●●●●小学校付近
発生日時：2020年5月27日11時30分頃
実行者の特徴：推定20代、男性、金髪、やせ型、車、黒のパーカー
内容：通行中の女性に対して車の窓からスマートフォンを向けながら「山へ行きませんか」との声かけ

場所：●●●●●国道付近
発生日時：2021年6月3日21時00分頃
実行者の特徴：推定40代、男性、短髪、中肉中背、徒歩、スーツ
内容：自転車に乗っていた女性に対して「山行こうよ」と声かけをしながら走って追いかける

＊＊＊＊＊＊

【『××新聞デジタル』2016年8月19日より】

8月18日、●●●●●ダムで付近の住人から「ダムに不審なものが浮いている」と110番があった。駆けつけた●●●●●署員が、女性および女児が浮いているのを発見。間もなく死亡が確認された。

●●●●●署によると、女性は長野県長野市の○○○○さん（35）と○○○○さんの娘○○○

たね　うん　暗かったからよく見えないけど多分人　地元の人かな？
え？　もう一回入るの？　警察呼ばれちゃったらやばくないですか？　どうしようかな　あー　もう一回入れってコメントめっちゃ来てますね
じゃあ道に迷ったことにして話しかけに行ってみますか

（扉の開閉音）

すみませー　えっ　うわ

（扉の開閉音の後エンジン音）

うわ　なにあれ　やば　めっちゃ笑ってたし　手振りながらこっちに走ってきてた

（走行音）

マジヤバかった　怖すぎ　うつってました？　ヤバくなかったですか？　もうちょっと車出すの遅れてたら多分こっちのほうまで来てましたよね
なんだったんだろ　幽霊？　あんなはっきりしてるんですか幽霊って
とりあえず落ち着きたいな　心臓バクバクです
けっこう距離あるんですけどファミレスあったはずなんでそこまで頑張ります

いやーなんだったんだろうマジで　もー視聴者さんがもう一回行けなんて言うから怖い思いしたじゃないですかー　いやー腹立つわ　ふざんけんなよ　殺すぞマジで　あれ？　なんかいっぱいコメント来てる　え？　おかしくないですよ　どうしたんですか？　ごちゃごちゃうるせーな　死ね

えーコメントでもね　無駄話はいいから早く行けなんて言われてるので　早速入っていきたいと思います　見てもらうとわかると思うんですが　今車内です　これ降りるとね　もうトンネルの入り口ですから　準備いいでしょう

（扉の開閉音）

見ての通りトンネルはだれもいませんね　深夜3時だったら当然か　けっこう大きいトンネルですね　トラックとか来たらひかれないようにしないと　えーと　ネットの話では　僕がいる入り口のほうから　あ　入り口ってどっちも入り口か　まあとにかく　僕が車で来たほうから　ダムがあるほうの出口に向かって　おーいって叫ぶとですね
幽霊がでるみたいな　話が有名ですね
あとでトンネルの中は探索するとして　まず一発目はこの噂の検証をしていきます

なんか寒気がしてきましたね　え？　そういうノリはもういいって？　ははっ
じゃあ早速やっていきますね　おーい

なにも起こりませんね　もう一回いきます　おーい

うん　なにも起こらない　じゃあ中にはい　ん？
あっ　やば
一旦車戻ります

（扉の開閉音）

うつってました？　うつってましたよね？　なんか向こうのほうから人がこっちに歩いてきてまし

よ　これ第2弾も突撃するのマジで怖いなー　でも皆さん楽しみにしてますよね　絶対に殺すからな　でも今日はさすがにちょっと　　　死ね　まし…………

(5分ほど不明瞭なつぶやき)

みなさん　山へ行きませんか？

(配信終了)

読者からの手紙　1

月刊○○○○編集部御中

急なお手紙ですみません。
私、鳥取に住む大学生の×××と申します。

実は助けていただきたくてご連絡しました。
おかしな男に追われているんです。

前に、●●●●●について書かれた記事を読みましたので、そちらなら何かご存じじゃないかと思いまして、こうして手紙を書いています。
ちょっと長くなりますが、最後まで読んでいただき、どうすればいいか教えてください。

今年の8月頃だったと思います。
大学の夏休みに私と私の彼氏、共通の男友達の三人でドライブに行きました。どうせなら目的地を心霊スポットにしようってことで、●●●●●のほうに行くことにしました。雑誌でもたまに紹介されてますから。

でも、夜に行くのはさすがに怖かったので昼間に行きました。

あの辺り、幽霊団地（マンション？）とか幽霊屋敷とかいっぱいあると思うんですが、昼間はそれなりに人もいて全然怖くありませんでした。

自殺で有名な5号棟に行ったり、幽霊屋敷を外からのぞいてお札探したりしたんですけど特に何も起きませんでした。

山を越えた向こうの●●●●●にも、有名な自殺スポットのダムがあるからそこに行こうって話になって、車で移動することになりました。

そのときは、車はちょっとした山道を走っていました。彼氏が運転していて私は助手席に座っていました。

対向車がきたんです。二車線の道でしたが道幅も広くなかったのですれ違うときにスピードを落としました。

私はなんとなく対向車を見てたんですが、運転してる男の人がこっちに向かって何か言ってるみたいでした。当然声は聞こえないので何を言ってるのかはわかりませんでしたが、運転してる彼氏ではなくて私を見ていたのが気になりました。

結局そのあと、ダムに着いた頃には暗くなってしまっていたので、降りて散策するのは怖くなってしまいました。

なので、そばの国道を走ってダムを見ながら帰りました。

鳥取に着いた頃にはもう深夜でした。

それからなんです。


次の日、別の友達と大学の近くのお店で飲み会をしました。

そのお店は飲食店がたくさん集まってる通りにあって、夜は大学生や仕事帰りのサラリーマンで通りに人がかなり多くなります。

夜の9時ぐらいに一旦場所を変えようってことになって、店の前でみんなで「次どうする?」って相談をしていました。

私もその輪の中で、友達と話してたんですが、友達が「あれ、誰?」って言ったんです。

友達が指さしたのは私たちがいるところからちょっと離れたお店とお店の間のすごく細い路地でした。

その路地から顔だけ出して、こちらのほうに向かって何か言ってる人がいました。


あの男だったんです。

私怖くて。そのあとすぐに友達が見に行ってくれたんですが、誰もいませんでした。

友達から「似ている人を勘違いしただけだよ」って言われて、私もそう思うようにしました。

それから多分1か月後ぐらいだったと思います。

また、あの男を見ました。


夕方ぐらいに大学が終わって、一人暮らしのマンションに帰ってきたときでした。

鍵を開けて家に入ろうとしたとき、隣の部屋のドアが開いた音がしたんです。

隣の人はこれから出かけるのかな？　と思って挨拶しようとしたら、男の顔がぬっと出てきて、顔だけこちらに向けました。


またあの男でした。


私に何か言おうとしてたみたいですが、怖くてすぐにドアを閉めて鍵をかけました。

その日は友達に泊まりに来てもらいました。

私の家は女性専用マンションなんです。お隣さんは私が入居したときから一人暮らしの女性でした。

もちろん警察にも通報しましたが、その時間お隣は友達と家にいたらしく、私の勘違いだということになりました。

それから数日後のことでした。

その日は大学の講義の合間にお手洗いに行ったんです。
休み時間はトイレが混むのですが、研究棟のトイレが空いてるので私はよくそこに行っていました。
そのときも個室はひとつも埋まっていませんでした。

3つあるうちの一番奥の個室に入りました。
用を足して出ると、隣の個室が閉まっていたんです。
誰か入ってくるような音も聞いてないですし、すごく嫌な予感がしました。
急いで通り過ぎようと足を踏み出したとき、目の前で個室のドアがゆっくり開いて男の顔がぬっと出てきました。私を見つめた男の顔がニヤーッと笑顔になりました。

「またきてくださいねえ」

私がその個室の前を走り抜けるとき、そう言っていたような気がします。

悲鳴をあげていたので自信はありませんが。

それ以降、男を実際に見ることはなくなりました。
でも、夢に出てくるようになりました。

その夢のなかで、私は夜の山道を登っています。
背の高い木がたくさんしげっていて、月の明かりもほとんど届きません。
私は、山道に敷かれた古い階段を上り続けています。
階段の両脇には石灯籠がぽつぽつと立っていますが、たいてい倒れています。
階段の終わりには傾いた鳥居が立っています。

男はその鳥居の下で私を待っています。
笑顔のまま、大きな口を開けて。

怖いのは、夢のなかで私が怖いと思っていないことです。
夢からさめたあとも心地よい気分になってしまいます。

私は呪われてしまったのでしょうか。

あの男はいったいなんなのでしょうか。

助けてください。

※末尾に編集部によるものと思われる手書き
「２００４年10月５日編集部宛着、送り主の連絡先不明のため、取材不可能。掲載保留」

『近畿地方のある場所について』2

小沢くんとの会合を終えてひと月後、彼からメールが送られてきました。

「別冊○○○○の件なんですけど、ちょっとご相談したいのですが、近々打ち合わせできませんか？　今度はお仕事の話です」

数日後、近くで偶然別の打ち合わせを入れていたこともあり、私たちは彼の会社のある神保町のカフェで会うことになりました。

店の前で落ち合い、彼はカフェラテ、私はブラックコーヒーをオーダーすると、彼はおもむろにいくつかの記事のプリントアウトを机に広げました。

私が読んでいる間、彼は待ちきれない様子で私のほうを何度もうかがっていました。

「実は、今回の別冊に寄稿していただきたいなと思って。ただ、その前に経緯をお話ししますね」

私が読み終わるのとほぼ同時に話し始めたのでした。

彼は前回の会合のあとも会社の書庫にこもっては過去資料を漁っていたそうです。

しかし、膨大なバックナンバーの棚は整理されておらず、発売年月日順に並んでいないのはもちろん、抜けている号もあり、そこに段ボールに無造作に詰められた取材資料や読者からの手紙も加わって混沌とした状態だったようです。

初めは年代順にさかのぼって読み解こうと試みていましたが、途中からあきらめて、手に取った順に読んでいくことにしたそうです。どうせ全て読むのであれば発売年月日順に読まずとも、気になった記事だけメモしておき、あとで並べ替えればいいと考えたようです。

そんななかで彼はある発見をしたのだそうです。

現在、日本には大小含めて500以上の心霊スポットがあるといいますが、雑誌などのメディアで取り上げられるほど知名度の高いものは、実は限られています。有名なところでは多磨霊園《たまれいえん》や生駒《いこま》トンネルなどです。もちろん北海道や沖縄にも有名な心霊スポットはありますが、作り手側から見ると旅費を含め取材に費用がかかる場所は避けたい実情があり、必然的に取り上げられるのは大阪や東京、福岡など編集部と付き合いのある主要都市の外部ライターが遠出をせずに行ける場所になってくるのが実情です。

また、心霊スポットにまつわる怪談の多さも、そこに訪れる人の多さに比例します。面白半分に肝試しできる立地にあるスポットが有名になってくるのです。

そんな事情もあってか、そこまで怪談に詳しくない彼でもバックナンバーを10冊も読めば頻出する心霊スポットがつかめてきたそうです。

「初めは、また載ってるなと思うぐらいでした。自分が小さい頃親に連れられてあの辺りのキャンプ場に遊びにいったこともあったので、そういう意味では少し気に留めていたかもしれませんが」

彼が口にしたのは、近畿地方の山に囲まれた一帯にある、トンネル、ダム、廃墟の心霊スポットでした。その筋ではかなり有名なスポットなので私も知ってはいました。

３㎞ほどの距離に心霊スポットが３件もあることから、かつてのオカルトブームのおりには肝試しとして一晩で巡ってしまうような企画もたびたびあり、若干懐かしさを覚えたほどです。

ただ、そのどれもがいわゆる心霊スポットにありがちなものばかりで、トンネルの中で何かをすると生首が現れるといったものや、自殺の名所で知られるダムでは自殺者の霊が佇んでいるといったもの、廃墟では地下室に女性の霊が現れるといった、ありきたりなエピソードばかりだったと記憶していました。近年では、肝試しでは定番の心霊スポットとして不動の地位は確立しつつも、あえてメディアでは取り上げられることもない、旬の過ぎた心霊スポット群という印象でした。

世代は違えど彼もまた同じ印象を持っていたらしく、他の有名な心霊スポットでの体験談と似たり寄ったりなエピソードの繰り返しに若干辟易《へきえき》しながら読んでいたそうです。

「ただ、いくつかの話を読むうちにもしかして、この三つの心霊スポットは同じ要因が話の発端になってるんじゃないかと思って」

そこで彼は私の手にあるプリントアウトをさしました。

「『実録！　奈良県行方不明少女に新事実か？』、『林間学校集団ヒステリー事件の真相』、『おかしな書き込み』、この三つの話は全て年代の違う記事です。ただ、散々他の記事で地名を見てきたので話の中に出てくる場所には全部見覚えがありました。そうです。さっきお話しした●●●●●の辺りです。でもこの三つの話は全部、心霊スポットを主題にして書かれたエピソードではないんですよね。話の舞台がたまたま●●●●●だったような印象です。『林間学校集団ヒステリー事件の真相』にいたっては当時、その場所は廃墟でもありませんし、心霊スポットと呼ばれていたのかも微妙なところです。それなのに全てに●●●●●という地名が出てきていて、話の中に『山』というキーワードが出てくる。これって、なんだか不思議じゃないですか？」

その一帯の3件の心霊スポットを舞台にしたその他の話が、全ててんでばらばらのありきたりなエピソードだったこともあり、この奇妙な符号は彼の中で強く印象に残ったそうです。

「一度気になるとどうしようもなくて、一旦バックナンバーを読むのを中断してネットでも検索してみました。まずは、『おかしな書き込み』に出てくる鳥居が本当にあるかｗｅｂのマップで調べました。ストリートビューで見ると確かにボロボロの鳥居と頂上へ続く階段がダム湖の東側に確認できました。このことから僕は共通して出てくる『山』はダム、廃墟、トンネルの一帯を囲む山々のうちの東側の山だと思いました。あと、ネット上にも同じような●●●●●の山にまつわる話がないか調べてみました。その結果がこれです」

そう言って彼は、いくつかのネットの記事や書き込みをプリントアウトしたものをさらに渡してきました。「●●●●●」と「山」、「怪談」「心霊」「事件」などのワードを組み合わせた検索でヒットしたというその内容に私はとても驚かされました。

「実際のＹｏｕＴｕｂｅｒの放送事故から怪談とは関係のない不審者情報、殺人の疑いのある事件まで出てきたんです。しかも全部『山』が関係しています」

　ここまでくるとさすがに偶然の一致とは私も思えず、しばし呆然としていると彼がさらに2種類の紙を渡してきます。ひとつは封筒に入った便箋、もうひとつはバックナンバーのプリントアウトでした。私が読み終わるのを待って彼は続けます。

「バックナンバーを漁るのと並行して取材資料にもちょっとずつ手をつけてたんです。最初に読んだときは軽く読み流してたんですが、●●●●●と山の関連性に気づいたタイミングでもう一度読み返したんです。この手紙にも直接的ではないですが山が出てきますよね。ここで気になったのが、この手紙を書いている女性、もとは山の向こうにあるいくつかの心霊スポットから山を越えてダムのほうに来ているんですよね。山を中心に考えると、3件の心霊スポットのある一帯は西側にあたります。山は南北に連なっているので、南と北は除外して山の向こう側、つまりは東側にも女性が行った心霊スポットがあることになります。見方を変えるとダム、廃墟、トンネル以外にも山を中心にして心霊スポットが点在しているんじゃないでしょうか。現に、先にお見せした不審者情報の書き込みのうち二つは山の東側のものですし、今お見せした『まっしろさん』も東側にある今は幽霊マンションと呼ばれている場所です」

　話しながら彼が見せたｗｅｂマップには山を中心に心霊スポットにピンが落ちており、それをなぞるように彼の指は円を描いていました。

彼の言う通り、山の東側の地域にもいくつか心霊スポットと呼ばれるものがあることを私は知っていました。

いずれも山のふもと寄りにある、先ほど彼が言った幽霊マンション、お化け屋敷と地元で呼ばれている廃墟です。ただ、そのどれもが西側の3件と比べると知名度はかなり低く、ありし日の月刊〇〇〇〇のようなマニアックな雑誌で取り上げられることがまれにあるぐらいでした。

また、山を県境として東と西で県が異なることから、西の3件と東の2件を同じ心霊スポット群として見ることは誰もしていませんでした。しかし、彼の説明を聞くとどうやらこの5件は山を中心とした一帯を形成しているようです。

私の説明を一通り聞くと彼は納得したように言いました。

「幽霊やお化けに人間が決める県のような区切りは関係がないってことなんですかね……。ただ、今のご説明を聞いて決意を新たにしました。今回の別冊の目玉特集はこの一帯の心霊スポットの発端が山にあるんじゃないかということに焦点を当てて、それに関連した話をバックナンバーと取材資料から集めてみることにします。今まで誰も与えられなかった気づきを読者に提供できるのは駆け出し編集者としてうれしいことですしね」

その考えを聞いて私は、彼の仕事への熱意に感心すると同時に、危うさも感じていました。

「ここでやっと本題なんですが、お願いしたい寄稿というのはこの一帯にまつわる話です。形式はなんでもいいです。文字数も問いません。その代わり、僕が引き続き集める資料を一緒に考察していただいたり、今までご自身で手がけられた話で類似のものがないか、何かご存じなお知り合いがいないか調査していただきたいんです。その上で新たにわかったことを書き下ろしていただければと思います」

提示されたギャランティは到底その労力に見合うものではない金額でしたが、彼の熱意と何よりホラー愛好家としての私の興味から、正式に発注を受けることにしたのでした。

「僕は引き続き、書庫を漁ってみます。ただ、今のところ東側は西側に比べて掲載数自体がかなり少ない印象なので、東側の地域を取り上げたものは掲載内容問わず全て集めてみます。現状唯一ある東側の地域を扱った話の『まっしろさん』は山とは関係がないものですし……。なんとか他の話も見つけてつながりが考察できればいいのですが。あとは、あの一帯の山にまつわる話だったり、山の神社の話に関しても注意して見てみることにします」

こうして●●●●●に関しての調査を始めることになった私は、まずある人に連絡をすることにしました――

某月刊誌　２００９年８月号掲載

読者投稿欄

私の地元では八尺様じゃなくてジャンプ女が出没します！

口が裂けるぐらい笑顔の女が、すごい高さまでジャンプして家の2階の窓とかマンションのベランダの窓から中をのぞき込むんです。

のぞかれるのは子どものいる家だけで、私の同級生ものぞかれたそうです。

編集部の調査隊の皆さんぜひ調べてください！

（●●●●●、14歳、マーちゃん）

某月刊誌　2015年2月号掲載

短編「賃貸物件」

福岡の小倉《こくら》でフリーランスのデザイナーをしている女性、Aさんの話。

「私は生まれも東京だったので、地方へのあこがれが強かったんです。フリーランスになったのも、住む場所に囚われずに仕事ができるからっていうのが自分の中で大きくて」

昨今のIターンブームにも背中をあと押しされ、半年ほど前に勤めていた大手広告代理店を辞め、転身をした。

「物件自体は辞める前からずっとネットで探してました。近頃は地方自治体の援助で空き家をリノベーションして、移住する単身者に格安で貸し出していたりしていて。なかにはオシャレに改装しているところも多くて、そういうのを夜な夜なネットで探しながら移住後の暮らしを想像していました。ほとんど趣味みたいなもんですね」


当初、Aさんの移住先の候補は小倉ではない別の場所だったという。

「近畿にある●●●●●って地域なんですけど、昔ながらの住宅街の中のいくつかの空き家がリノベーション物件として貸し出されているようでした」

移住とはいっても隣近所との距離が何百メートルも離れているような村社会に飛び込みたかったわけではなく、澄んだ空気と東京のごみごみとした喧噪《けんそう》から逃れられれば十分だったAさんにとっては、その場所は理想に近い雰囲気だったという。

地域に目星をつけたAさんはその場所でどれくらいの物件が貸し出されているのかを調べ始めた。

「私の場合はいつも、地域名と『リノベーション』『賃貸』とか『一軒家』のキーワードで画像検索をするんですよね。そうすることで画像一覧に内観や外観、間取り図の写真がずらっと並ぶんです。検索結果からクリックを繰り返して気になった物件の間取り図にたどりつくより、ビジュアルから情報を仕入れて、そこから気になった物件名をピックアップするようにしてました」

その日も一人暮らしの部屋に仕事から帰ったAさんは、ベッドに入ってからスマホで●●●●●にあるリノベーション物件の情報を漁っていた。

「その日はなんていうワードで検索したのかははっきりと覚えてないんですが、多分いつも通り●●●●●と『賃貸』とかだったと思います」

画像一覧にずらりと表示された家の外観や物件の間取り図などを上から見ていくと奇妙な画像が表示されていることに気がついた。

「画像一覧の表示サイズだと小さくて見えづらかったこともあって、タップして掲載元のページへ飛んでみたんです」

それは暗がりに女性と思しき人が立っている画像だったという。

「画像自体がとても暗いのでわかりづらいんですが、荒れた和室の中に赤いコートみたいな服を着たぼさぼさの長い髪の女性が直立不動で立っている不気味な画像でした」

画像の上には文字化けしたテキストが1行ほど書かれているのみで、その他はリンクも一切なく、この画像をアップするためだけのページのようだったという。

「夜に嫌なもの見ちゃったなあとは思いましたが、あまり気にせずに画像一覧に戻って引き続き物件の情報を見始めました」

スクロールを繰り返しながら10分ほど没頭していたところで、それが目に入った。

「初めはまた例の画像が表示されているのかと思いました。でも、少しだけ違和感があったんです」

考えるより先に画像をタップしていたという。

「場所は多分同じです、荒れた和室。女の人も同じ。でも今度はその女の人が真上に両手をあげている状態でした」

例によって画像の上には文字化けしたテキストが書かれていたが、その文字列の長さが前回より少し長いように感じたという。

「長さが違うってことは少なくとも、文字化けする前は別の文字が書かれてたんだと思うんです。この画像をアップした人は見ている側に何かを伝えようとしていたんだと思うと余計に気持ち悪くて」

嫌な気持ちになったAさんは、その日は物件を探すのをやめ、翌日以降もなんとなく画像検索をすることは少なくなったという。

「それからどれくらいでしょうか。もうそんなこと忘れていたぐらいなので1か月ぐらい経っていたかもしれません。職場で上司に頼まれて書類をコピーしていたときでした」

コピーを待つ間の数十秒、吐き出され続ける同じ会議資料をコピー機に寄りかかりながらぼんやりと見つめていると、一瞬妙な印刷物が目に入ったという。慌ててコピーを止め、すでに印刷されている紙を上から数枚めくったところでそれを見つけた。

「白黒の2色刷りのコピーなので濃淡でしかわかりませんが、あの女の画像でした。女が両手をあげて部屋の中にいる画像が印刷されてたんです。ただ、コピー用紙一杯に印刷されていたわけじゃなくて、上が余白になっていて、そこに手書きの角ばったような字でこう書いてあったんです」

「見つけてくださってありがとうございます」

一瞬パニックになったAさんだったが、紙をぐしゃぐしゃにしてポケットに突っ込んでその日はなんとか業務を終えたという。

仕事が終わるとAさんは小学校から仲の良かった友人に電話をかけ、Aさんの住むマンションに来てもらった。

「一人でいるのも怖かったし、あの紙をどうにかしないといけないって思ったんですけど、どうすればいいのかわからなくて」

友人に経緯を説明したAさんは、丸めた紙を友人が開けるのを恐々と見ていた。そこには昼間会社で見た女が変わらず写っていたという。ただ、改めて見ると女の背景に少し違和感があった。

顔を背けるAさんの横で友人はその紙を見たまましばらく凍りついたように動かなかった。一向に口を開かない友人にどうしたのかと問うと、震える声で言った。

「これって、あんたの実家じゃない?」

「実家で私が使っていた子ども部屋でした。その子は小学生の頃からよく実家に遊びに来ていたからわかったんだと思います。私の勉強机のシルエットと、壁の特徴的なかけ時計は、実家の私の部屋だと言われると、もうそうとしか思えませんでした」

現在Aさんが住む小倉の家は、画像検索ではなく、不動産サイトで見つけたという。

ネット収集情報　2

そのおっさんのブログが急に変になったんだよ。

ある日俺がいつも通り、ブックマークからそのブログにアクセスしたら、過去の記事が全部消されてたんだ。3日ぐらい前まではいつも通り記事をアップしてたのに。

プロフィール欄のところも情報が全部消されてて、プロフィール写真として掲載されてたバイクの写真も真っ黒な画像になってた。

ブログの中身だけ、夜逃げしちゃったみたいな感じ。

一瞬、間違えて別のブログにアクセスしたのかと思ったぐらい何もなくなってしまってた。ただ、唯一残ってたブログのタイトルだけは俺が知ってるそのおっさんのブログのものだった。


そんな空っぽのブログの、本来なら記事が並ぶ一覧にひとつだけ記事がアップされてたんだ。

タイトルは「あ」の一文字。

そのおっさんは「××月××日高知ツーリング」とか「タイヤのメンテナンスについて」みたいなタイトルで記事を書いてたから、投げやりな感じのそのタイトルはすごく変な感じがした。

妙なところはもうひとつあって、その記事、鍵がかかってたんだよ。つまりパスワードを入力しないと読めないってこと。


ブログの愛読者として、会ったこともないおっさんに勝手に親近感を抱いてた俺は内容が猛烈に気になった。もしかしたらこの記事に全ての理由が書いてあるんじゃないかって。

ブログのどこかにパスワードが書いてあるか調べてみたけど、どこにもなかった。ていうか全部消されてたからそもそも探すべき場所がほとんどなかった。


【ネット掲示版『洒落にならない怖い話』まとめブログより】

名前：本当にあった怖い名無し
投稿日：2010/05/17(月) 20:30:43
ID:ZDKsJPWc0

不気味なブログの話で思い出したので投下。慣れてないので変なところあったらすまん。

多分5年ぐらい前の話なんだけど、いまだにあのブログの主はどうなったんだろうってたまに思い出す。


俺は20歳からずっとバイクが好きで、当時はネットでよく同じようなバイク乗りの個人ブログを見つけ出しては読み漁ってた。

そのブログにどうやってたどりついたかはもう覚えてないけど、俺と同じスズキのモデルに乗ってる人だったからそれ関連で見つけたんだと思う。

確かfc2ブログだったと思うんだけど、本当よくあるおっさんが趣味でやってるようなブログで、拍手とかコメントとかもほとんどない自己満足ブログって感じだった。でも、記事数はかなりあったから日記代わりにして長く続けてたんだと思う。

ただ、その記事に書いてあるカスタマイズとかメンテナンスがけっこう参考になるような内容だったから、特にコメントとかはしなかったけど俺はマメにチェックしてた。

ブログの内容は上に書いたものと、休日に行ったツーリングのレポートを写真つきで紹介するものが半々ぐらい。ツーリングレポートに関しては琵琶湖を背景にしたバイクの写真とかどこそこのサービスエリアのソフトクリームが美味しかったとかそんな他愛もない内容だった。

うつしてたり、階段の上のほうをうつしてたり、何かを撮ろうとしたっていうよりかは適当にシャッターを切りながら階段を上っていったみたいな感じの写真だった。

そんな意味不明な写真が終わると次は神社の本殿っていうのかな？　それが見切れてうつってる写真だった。ピントもあってないし、ブレててはっきりとはわからなかったけど、廃墟みたいな屋根も半分落ちてる状態の建物だったと思う。扉は閉じてたから中はわからなかった。

その次は祠の写真。背丈と同じぐらいの高さで観音開きの扉がついてて、小さい屋根があるやつ。この写真もカメラを傾けながら適当に撮ったみたいな変な構図だった。前の写真にうつってた建物と比べると当然サイズはだいぶ小さいけど、前の建物と同じくらいボロボロで、扉は閉じてた。

で、次の写真なんだけど、同じ祠の写真。ただ、今度は扉が開いてた。

普通、そういう祠の中って何かが祀ってあるもんだと思うんだけど、そういうのはなくて、代わりに大量の人形が詰め込まれてた。リカちゃん人形とかフランス人形とか日本人形とか美少女のフィギュアとか、種類も大きさも、多分年代も違う女の子の人形がギチギチに祠の天井までいっぱいに詰め込まれてた。

その次が最後の写真だった。

その祠に向かってお辞儀してるような体勢の男を背後から撮影した写真。

記事はこれで終わり。


俺がこの記事を読み終わっておっさんのブログのトップページに戻ると、今まさにアップされたであろう、さっきはなかった記事が一覧に表示されてた。

あとはもう半分あきらめながら適当にパスワードを入力してた。ブログのタイトルとかその人の乗ってたバイクの名前とか、「0000」とかの数字も入れてみたけど全部だめだった。

これでだめだったらもういいやって感じで最後に4桁の数字を入れたんだよね。

これはおっさんの誕生日だった。なんで俺がおっさんの誕生日まで記憶してたかっていうと、俺と誕生日が同じだったから。

ブログを読み始めた頃にプロフィール欄を見て、印象に残ってたからたまたま覚えてた。

驚いたことに、それが正解だった。妙にテンションが上がったのを今でも憶えてる。


「あ」がタイトルのその記事は、文章はなくて写真の画像だけが何枚も載せられてた。

最初は道の駅みたいなところをうつした写真。その写真におっさんのバイクがうつってたから、多分おっさんが撮影者なんだと思う。

荒らしにブログが乗っ取られたのかなと思ってた俺はこの時点で、記事はおっさんによって作成されたんだと気づいた。

次の写真は確かダムだったと思う。ダム湖を背景にして「●●●●●ダム」って書いた看板とバイクを一緒にうつした写真。

多分おっさんはツーリングの記事用の写真を撮ってたんだと思う。


その次が山のふもとにあるなんかボロボロの鳥居の写真。鳥居の向こう側には山に続く階段がうつってた。

そこからの写真がおかしくて、多分その階段を上ってる最中の写真が何枚も続くんだよ。真上を向いて空をうつしてたり、横向いて山の中の林を記事タイトルは「だめになってしまいました」だった。


この記事も鍵つきで、俺はパスワードを解けなかった。

それから1か月ぐらいして、ブログ自体が削除されてしまってた。


これは完全に俺の勘なんだけど、記事の最後の写真にうつってた男ってブログ主のおっさんだと思うんだよ。バイカーっぽい恰好してたし。

でも、もしそうだとしたら撮影したのは誰なんだろう。

おっさん無事でいてくれ。

インタビューのテープ起こし 1

いやー、本当にお久しぶりですね。最後にお会いしたのが渋谷での怪談トークショーだったから、もう10年近くになりますか。

注文何にしますか？　はい、僕はアイスコーヒーブラックで。同じのでいいですか？　ははっ。こうしてると、お互いアイスコーヒー飲みながら打ち合わせしてたの思い出しますね。二人ともブラックだから注文が簡単でいいねなんて言って。

ええ。今はフリーランスで食いつないでますよ。幸い編集者時代のツテで仕事はもらえてるんで。オカルト系からはめっきり遠のいてますけどね。ほら、あの界隈だけじゃなかなか食えないじゃないですか？　まあ僕はあなたみたいにそこまでホラーマニアってわけでもなくて、どっちかっていうと成り行きであの編集部に配属になっただけなんで。

でも、こうやって昔お仕事させてもらってた方からまた連絡もらえるのはうれしいなあ。そんなにかしこまらないでくださいよ。僕はもう発注側の人間じゃないんで。むしろ、業界のキャリアでいうとあなたのほうが先輩ですし。

あのあとですか？　大変でしたね。いきなり上層部から休刊が言い渡されて。まあ前々から噂はあったんですけどね。編集長が代わってから実売が伸び悩んでいて、最終的には三人で回してたぐらいには編集部が縮小されてたんです。あのときは電話での急なご連絡で本当にご迷惑おかけしました。用意いただいてた原稿とかもあったのに……。

編集部が解散になって、三人とも会社辞めちゃいましたね。休刊になった編集部からの部署移動なんて肩身が狭いじゃないですか。僕はちょうどフリーでやろうかなと思ってたタイミングでしたし。もう一人の編集部員のOも僕が辞めてちょっとしてから他の出版社に転職決めました。Oとは今でもたまに飲みに行ったりしますよ。時々仕事も回してもらってます。そういえば、あなたは他の二人とは最後まで面識ありませんでしたね。

編集長？　ああ、Sですね。どうしてるのかな。わからないです。あんまり仲良かったわけじゃないですし。辞めたのも一番最初で。僕たちになんの挨拶もありませんでしたから。

今だから言えるんですけど、あんまり好きじゃなかったんですよね。なぜって？　ええと、これは編集論の話になるんですけど、僕とOはあくまで月刊○○○をエンタメ誌として作ろうとしてましたけど、Sはなんていうのかな、報道の側面を大事にしてたような気がします。

もちろんオカルトを楽しむためにリアリティは必要だと思うんですよ。読者も作りものじゃなくて本物を望んでるっていうのもわかる。でも、一番の欲求は楽しみたいってところにあると思うんです。だから、楽しめればリアリティのある作り話でも僕は大丈夫だと思うんです。

でも、Sはそうじゃなかった。だから、企画や原稿にも情報元の確かさやエビデンスみたいなものを求めるんです。お化けや宇宙人がいることの証拠なんて出せるわけないじゃないですか？　情報提供者のエピソードが本当にあったことなのかも僕たちにはわからないし、いちいちひとつの記事に対して細部まで取材してたら時間がいくらあっても足りない。僕たちは新聞を作ってるわけじゃないですし。でも、Sは曖昧さを許さないんですよね。そのことで何回もめたかわかりません。ただ、まあ僕たちも大人ですし、編集長はSですから、最終的に彼の求めるものを作るようにはしてましたよ。でも、僕もOも腹の中ではSの考えに同意できない部分がたくさんありました。そういう意味でもあなたにはお世話になったんですよ。ほら、原稿のクオリティがすごく高かったから。あなたに対しての信頼感っていう意味では三人の意見は一致してましたね。あまりあなたの原稿がリテイク食らったことはないと思います。

それに、やっぱりこの業界のライターさんにはなかなかいないタイプじゃないですか？　情報の切り取り方や視点っていう意味でも色々学ばせてもらったと思ってます。

実は、Sに関してはもうひとつ許せないことがあって。さっきは編集部が解散になってみんな辞めたって言ったと思うんですけど、あとから人事部の同期に聞くと、ちょっと話が違ったんです。

どうやら、Sが急に辞めたいって言いだしたらしくて、それを受けて上層部が休刊を決めたって言うんです。確かなことはわからないんですけど、もしそれが本当なら年度末でもない時期での急な休刊にも納得がいくなって。

いや、辞めるのは個人の問題なんでいいですよ。ただ、もしそうならその説明ぐらいは僕とOにするべきだったと思うんですよね。最終日にポンって引き継ぎデータだけ一方的に送りつけて、あとはよろしくって納得いきませんよ。まあ、引き継ぎもなにも月刊〇〇〇は休刊になったわけですから、僕たちも会社にろくに引き継ぎはしませんでしたけど。

え？　書庫が整理されてないらしい？　ははは。ごめんなさい。多分それ僕たちの責任ですね。次世代の若者に迷惑かけちゃったなあ。でも、こうして別冊って形で細々とでも刊行が続けられてるのはなんだかうれしい気持ちになりますね。

ごめんなさい。つい懐かしくてべらべら話してしまいました。えっと、今日は●●●●●についての話でしたか。

あ、テレコ回してるんですね。いや、もう今はｉＰｈｏｎｅの録音機能ですよね。ええ、わかってるんですが、どうしても昔のクセでテレコって言っちゃいますね。はは。

いつもはインタビューする側だから、いざされる側になるとなんだか緊張するなあ。もしかしてこれ、最初から録音してます？　えー、あなたも人が悪いなあ。最初の編集部のくだりはオフレコでお願いしますよ。

懐かしいなあ。僕も一回だけ現地に取材に行きましたよ。そのときはえっと、なんだっけ、そうトンネルだ。あそこで心霊現象の実証実験するとかで。結局徹夜で張り込んでも何も起きなくて、適当にオーブっぽいものが写った写真を掲載してお茶をにごしたような気がします。

あの頃はオカルト雑誌も元気でしたよね。なんだかんだ楽しかった。確か僕より前にいた先輩なんかはあの辺りの宗教施設の記事を書いたって言ってました。時代ですよね。

電話をもらったときは驚きましたよ。その新人くん、鋭いですね。山を中心とした大きな心霊地帯になってるなんて全然気づかなかった。でも、確かに言われてみるとそんな気がしてきますね。

さっき言った通り、恥ずかしい話ですが休刊が決まってからはみんな次の仕事に意識がいってたっていうのもあって、引き継ぎ作業といえばバックナンバーとそのデータROM、紙の資料を適当に段ボールに突っ込んだものを書庫に押し込んでもうおしまいって感じだったんです。

そんなだから各人の手帳や個人のパソコンに書きつけてた担当ライターからの企画や取材メモ、原稿データの類いは会社に保管されずに各々で持った状態で会社を去ることになりました。恐らくOもそうだと思います。僕はまだそういったものは保管してたので、今回ご連絡を受けて久々に過去の取材メモを見てみたんです。

ザッとしか見てないですがありました。●●●●●についての掲載されてない没になった話が。新人くんの言葉を借りると山の東側、ダムとは逆側のものです。

あいにく原稿にはなってないので取材メモと私の記憶をもとにお話する形になりますがご容赦ください。

＊＊＊＊＊

情報提供者は××××××さんって方ですが、Aさんと呼ぶことにしましょうか。メモによると22歳の男性、大学生ですね。ライターのFさんからの紹介です。

インタビューしたのは２０１２年3月4日です。

Aさんは都内の大学で心理学を学ぶ学生でした。インタビューの前年に東日本大震災があったので、就活で色々苦労したそうですけど、無事4月からの就職先も決まって、卒業論文も提出し終えて一安心って時期だったみたいです。

今回の話っていうのは、Aさんの卒業研究にまつわる話です。

Aさんは卒業研究のテーマを「恐怖感情を他者に伝える際の身体表現」にしたそうです。

その内容は、被験者に短いホラー映像を見せて、その感想を被験者が第三者に言葉で伝える際のジェスチャーに、どのような傾向が表れるのかというものでした。

変わってますよね。実は、Aさんも無類のホラー好きらしくて、どうせなら自分が好きなものをテーマにして研究をしたかったんだとか。

ただ傾向を調べるのではなくて、被験者の性質によってどのような差が出るのかを研究したいと思ったAさんは、被験者をグループ分けすることにしたそうです。

グループ分けには被験者にあらかじめ取った10問ぐらいのアンケートを使ったらしくて。その項目は「ホラーが好き」「ホラーが嫌い」といったものや、「話すのが得意」「話すのが苦手」といったもの、「兄弟がいる」「兄弟がいない」といったものまで色々で、五十人ほどの被験者のジェスチャーのデータから、対になるグループ間でジェスチャーの傾向に有意な差が出る項目を探ることにしたそうです。

「恐怖感情を他者に伝える際の身体表現」という性質上、内容説明に終始してしまうような、ストーリーで怖がらせる映像は避けたいとAさんは考えました。できれば抽象的で、見たあとに「怖かった」という純粋な感情だけが残るものがいい。そこで映像として選んだのが、動画サイトに投稿されていた「呪いの映像」でした。

あなたならもちろんご存じだと思いますが、有名なホラー映画『リング』に登場する呪いのビデオは、見た者が7日後に死んでしまうというものです。意味不明ながらも不気味な雰囲気の呪いのビデオは社会現象にもなりましたよね。『リング』のヒット以降、それを真似た自作の「呪いの映像」が動画サイトを中心に氾濫していることもご存じだと思います。

Aさんが選んだのもそんな、ある意味ありふれた「呪いの映像」でした。3分ほどの長さの映像で、血まみれの包丁や画質の悪い廃墟に映る人影、怖い顔をした女性の姿などが数秒おきに切り替わる、いかにもなものだったといいます。

Aさんはそれを見たとき、いくつかの有名なホラー映画のワンシーンが流用されていることに気づいたらしいです。要するに怖いシーンをつぎはぎして素人《しろうと》が作った質の悪い映像ってことですね。その映像ですか？　今回お話しするにあたって、私も再度捜してみたのですが、もう削除されているみたいで見つけられませんでした。

その映像を被験者に見せた上で、感想を説明してもらったそうです。肩を抱きながら「怖かった」と話す人や「昔見た悪夢を思い出した」って言う人まで十人十色だったらしいですよ。ただ、テーマがテーマだけに五十人の被験者を集めるのはとても苦労したそうです。

本題からは逸れるんですが、この実験面白いですよね？　僕も取材当時は怪談のインタビューってことを忘れて実験内容を興味深く聞いたのを憶えています。結果ですか？　はい、もちろん聞きましたよ。

ジェスチャーは、「種類」「頻度」「長さ」に分けて計測したそうです。多くのアンケート項目でグループ間に有意な差は出なかったらしいんですが「ホラーが好き」と「ホラーが嫌い」のグループではっきりと傾向に差があったらしいです。

具体的に言うと、「ホラーが好き」なグループは「ホラーが嫌い」なグループと比べて幽霊の動きや容姿を形容するジェスチャーの頻度、長さが多かったそうです。ほら、よく手の前で両手を垂らして「うらめしや〜」ってするじゃないですか。ああいう類いのジェスチャー。

逆に「ホラーが嫌い」なグループは「ホラーが好き」なグループに比べてフィラー的なジェスチャーの頻度、長さが多かったそうです。フィラーっていうのは、もともと「隙間を埋める」っていう意味なんですが、ここでは言いよどんだり、次の言葉を継いだりするときになんとなく手を動かすような、特に意味のないジェスチャーのことです。

Aさんは論文に落とし込むにあたってこう考察したそうです。

ホラーが好きな人は自分が恐怖を感じつつも、その体験に楽しみを見出だしているため、相手にも同様に怖がって楽しんでもらいたいと感じている。そのため、幽霊などの恐怖のコアとなる部分を細部まで表現することで相手にエンターテイメントとして恐怖を感じさせようとしている。

逆にホラーが嫌いな人は、恐怖を自らの辛い体験として捉え、相手に共感してもらい、寄り添ってもらいたいと感じている。そのためか、ときに感情が先走って言葉が追いつかない場面が多く見受けられた。結果としてフィラー的なジェスチャーが多くなったのではないか。


なるほどって感じですよね。うん。とっても面白い。これって考えてみると、オカルト雑誌の作り手側と受け手側の話にもつながりますよね。

私たちはエンターテイメントとして手を変え品を変え、オカルトを読者に提供する。でも、なかにはある情報に対して過敏な反応を示す読者もいる。そうなった読者は感情がほとばしった連絡を編集部に寄越してくるわけです。ほら、あなたのお話にもあったと思います。読者からの手紙。

特に●●●●●を扱った号ではそういう「熱心な読者」からの連絡が多かった気がしますね。「私もＵＦＯを見ました」みたいな連絡とはちょっと違う、「怖い。困ってます。助けてください」みたいな連絡が。


ずいぶんと本題から逸れてしまいました。無駄話が多いのは悪い癖ですね。

さて、実験を進めていくなかでＡさんは五十人分のジェスチャーを集計しなければいけなかったそうです。手動で。私も話を聞いたときはずいぶんアナログなんだなと思いました。

あらかじめ被験者が第三者に説明している様子を録画しておいて、後日それを見ながら、被験者のプロフィールとともにジェスチャーを、エクセルに「種類」「頻度」「長さ」に分けてカウントしていったそうです。ホラー映像自体は3分ですが、被験者の話はだいたい5分ほど、長いと10分も話す人もいて、これには相当な労力を使ったそうです。

ただ、二十人も集計するとだいたいコツがつかめてきて、「この人はこういう話し方をしそうだな」なんて予想しつつ楽しみながら作業するぐらいの余裕は出てきたそうです。

そのなかで二人、特徴的な動きをする被験者がいたそうです。


一人は男性、もう一人は女性だったそうです。ジェスチャー自体にこれといって特徴はありませんでした。ただ、二人とも話している最中に時折何かに気がついたような素振りをして、目線を話し相手とは別のところに送るのだそうです。

二人が目線を送る場所は同じで、被験者から見て右斜め前、録画カメラのフレーム外でした。でも、Aさんの記憶ではそこは部屋の隅で、何もない空間だったそうです。

しかも、その見方も意識的に見ているというより、反射的に見ているような、あるときは一瞬言葉を止めて見るようなことまであったそうです。不意に名前を呼ばれたような、そんなイメージを受けたといいます。

正しくデータを計測するために、雑音や邪魔になるものは事前に全て排除していたこともあり、

Aさんは不思議に感じたそうです。

一人なら癖で片付けられますが、二人、しかも見る方向まで同じとなるとこれは何かが実験結果に影響を及ぼしているのかもしれない。そう考えたAさんは、その二人のアンケートを改めて見直してみることにしたそうです。

実は、最初にお話ししていなかったことがあります。Aさんはアンケートを作成する際、遊びとしてある項目を設問に入れていたそうです。それは「霊感がある」「霊感がない」です。

そう、お察しの通り、五十人中その二人だけが「霊感がある」と回答していたんです。

ホラー好きとして好奇心を刺激されたAさんは、その二人に再度個別に話を聞いてみたそうです。二人とも最初は嫌がって話をしてくれなかったそうですが、あまりにもAさんがしつこく頼むので最終的には説明してくれたようです。

二人の話は概《おおむ》ね一致していました。実験中、話をしていると音がするのだそうです。

それは部屋の隅からでした。ドンッ、ドンッと思いついたように不規則に音が鳴り続けていたそうです。

二人ともそれがいわゆる心霊現象だということにはすぐに気がついたそうです。自分にしか見えないものが見えて、聞こえない音が聞こえる人生を送ってきた彼らからすると、それは今まで遭遇してきたもののなかのひとつにしか過ぎませんでした。だからこそ、特別そこに言及もせず、話を続けたそうです。

ただ、反射的に見てしまうのは止められず、その様子がAさんの目に留まったのです。

あの部屋には幽霊がいるのか？　という問いかけに対しての二人の答えも同じでした。

あれは恐らく、実験で使われた動画に由来するものではないかと言うのです。自分が動画についての話を終えると音は聞こえなくなったからだと言います。


二人のうち男性のほうは、この話に加えて、音とともに黒い影が見えていたと話しました。音に合わせて黒い影が部屋の隅で上下していた。まるでその影が飛び跳ねた音が床に響いて、ドンッという音が鳴っているようだったと。

男性はAさんに言ったそうです。

「こういうのは気づいてないふりをするのが一番なんです。こちらが気づいていることを相手に気づかれるとやっかいなことになりますから。あんまり興味本位で探らないほうがいいですよ」

経験者の言葉にAさんは怖くなり、さすがにそれ以上首を突っ込むのはやめました。あの動画もそれ以来見ていないそうです。

でも、Aさんはすでに踏み込み過ぎてしまってたみたいなんですよね。

それからひと月ほどして卒業研究も佳境に差しかかり、Aさんは遅くまで大学で論文を執筆する毎日を送っていました。Aさんが一人暮らしをするマンションは大学から2駅ほど離れていたこともあり、大学の近くに住んでいるゼミ仲間の家に連日泊めてもらい、そこから直接大学へ通っていたそうです。

そんななか、ある日Aさんの携帯に知らない番号から着信があったそうです。相手は警察でした。

昨晩近所の住人から通報を受けた。Aさんの部屋のベランダに女性がいると。

その住人はマンションの向かいの一軒家に住んでおり、居間から窓を通してマンションのベランダが見えるのだそうです。

夜9時頃に何気なくベランダに目をやると、5階の角部屋、つまりAさんの部屋のベランダに赤系のコートのような服を着た女性が両手をあげて万歳するような格好で立っていたそうです。

その女性はAさんの部屋のほうを向いて一定間隔でジャンプをしていたそうです。

カップル同士の痴話げんかでベランダに締め出されたのかと思った住人はあまり気にせず就寝したのですが、深夜3時頃トイレに起きた際にまた何気なく目をやると、女性はまだそこにいたのだそうです。変わらず、Aさんの部屋のほうを向く形で一定間隔でジャンプをしていたそうです。驚いた住人がしばらくその様子から目を離せないでいると、その女性の様子がおかしいことに気がつきました。

ジャンプに合わせて首が大きく傾くのだそうです。首が据わっていない赤ん坊のように、着地の振動に合わせて首が前後左右にグラグラと揺れていたんだそうです。

通報を受けた警察が駆けつけたときにはすでにその女性はおらず、警察がAさんの部屋を訪ねても不在だったため、翌日管理会社から連絡先を聞いて電話をしてきたと言うのです。

また、その騒動の数日後に、今度はマンションの管理会社から連絡があったそうです。その担当者いわく、Aさんが住む5階の部屋の真下の住人から苦情が来ていると。

ここ最近毎日深夜になるとドンッ、ドンッと天井から音がするとの報告を受けているので静かにしてほしいと言うのです。警察の件もあったからか、退去させられそうな勢いで注意を受けたらしいです。

Aさんはそれからほとんど家に帰らなかったそうです。霊が自分の部屋を見つけ出して、中まで侵入してきたことを知ってしまったら、帰れないですよね。それでも何度か管理会社から騒音の苦情が出ていると連絡があったみたいです。Aさんがほぼ家に帰っていないことを伝えると、最終的には引き下がったみたいですけど。

とはいえ、4月からの就職に合わせた引っ越し予定の新居にまでその女がついてきたらと考えると怖くて仕方がない。で、Aさんの知り合いにオカルト方面のライターがいて、その人に泣きついたと。その方が紹介者のFさんですね。Fさんから相談を受けた私はお祓《はら》いができるお寺を紹介する代わりに今お話ししたインタビューをしたというわけです。

＊＊＊＊＊

どうですか？　ふふっ。納得してないですね。そうですよね。●●●●●が出てこないですもんね。

これ、実は続きがあるんですよ。あなたも気になってると思うのですが、その呪いの動画についてです。はい。僕もすぐに調べました。

Ａさんは研究のために適当に見繕ったって言ってたので、ひょっとすると知らなかったのかもしれないんですが、あの動画、実はちょっと有名なものだったんです。まあ有名っていってもネットの掲示板のスレッドで話題になってるってレベルですけどね。

「この動画見たらマジで呪われるらしい」みたいなスレッドがあって、そこに例の動画のリンクが貼られていて、見た人が気分が悪くなったとか霊障が出たとかで一時期盛り上がってたみたいです。で、例によってネット民による特定が行われたんですよ。この部分は何年に製作されたアメリカのこの映画だとか、これは昔流行《はや》った心霊系ＧＩＦの使いまわしだみたいな感じで。ああいうの特定する人ってすごいですよね。

そのなかに使いまわしじゃないシーンがひとつだけあったんです。正確には2カット1シーンになるのかな？　5秒くらいモノクロの映像が流れる箇所があって、それがどうも映画とかの切り抜きではなくて素人が撮ったものなんじゃないかと。

私も見ましたよ。他と比べるとそんなにインパクトは感じませんでしたけど、意味不明さでいうとけっこう際立ってたかと思います。

まず最初に「5」ってパネルが壁面に貼られた建物が映ります。団地とかで棟ごとに数字がふられてるじゃないですか？　ああいう感じです。その建物を見上げて撮影してるみたいな。

で、次が女性の顔のアップ。笑ってるようにも泣いてるようにも怒ってるようにも見えました。口を横に大きく開いて歯なんかむき出しで。その顔が画面に近づいたり遠ざかったりするんです。女性の顔のインパクトが大きいのと、映るのが本当に数秒なのでじっくり見ないとわからないんですが、多分その女性、カメラに向かってジャンプしてるんですよね。えっと、下からこちらを見上げて飛び跳ねている女性を、真上から撮影してるような格好です。顔より少し上に両手が見えてたんでカメラに手を伸ばしているようにも見えました。

そう。Aさんの話に出てきた女性も同じようなことをしてましたよね。同一人物なのかどうかはわかりません。Aさんもその女性を見たわけではないですし。

当然その謎の映像に関しても特定が行われました。最初の建物、あれは[redacted]の幽霊マンションと呼ばれている建物の5号棟だったんです。建物の外観とその背景の山の稜線からほぼ間違いないみたいです。

でも、女性のほうはわかりませんでした。何しろ映ってるのは顔と手だけですから。他に唯一わかるのは地面が砂利《じゃり》ってだけです。スレッドでもかなり議論されてましたけどあれが誰でどこで撮られたのかはわからずじまいでした。

あの幽霊マンション、色々いわくがあるじゃないですか。それが呪いの原因なんじゃないかっていうのがネットでの見解でした。


この話はこれで終わりです。

どうして没になったかって？　ああ、編集長チェックではねられたんですよ。オチが弱いって。

つまり、真相に迫り切れてないってことですね。まあ、あの人らしいですね。

確かに、自分でも思うんですけどこの話、中途半端なんですよ。散らかってるというか。正体がわからなくて考察の余地を残す話として終わらせるには、エピソードとしてちょっと弱い気がするし、真相を追究する話にしては解明までには至ってない。惜しいなって思います。


この話は没にしたものなので、あなたの名義で書いてもらってもいいですよ。あなたならいい具合に料理してくれるでしょう？　この話も成仏できるってもんです。いや、遠慮しないでください。

色々お世話になりましたから。こうやって話してるとあの頃に戻ったみたいで楽しかったです。


また○にも●●●●●の未掲載の情報がないか聞いておきます。あいつとも最近ご無沙汰ですし。

連絡するいい機会になりますよ。

短編「待っている」

某月刊誌　２０１４年３月号掲載

「なんだか暗い感じの場所だなって印象でした」

Aさんの父は70歳を目前にして同い年の母を残し、病死した。

40歳で一家の一人息子のAさんは地元を離れて地方で暮らしており、実家に残された母が心配だったという。

「実家の一軒家に一人では、本人も寂しそうで……」

そんなある日、母から連絡があった。マンションに引っ越すことにしたのだという。

このまま一人で実家に住み続けるのなら、いっそ場所を変えて、そこで余生を過ごしたい。マンションなら何かあったときも隣近所と支え合える。そう母は話した。

母が不動産屋で見つけてきたという●●●●●にあるそのマンションは、山を削った小高い位置にあり、インターネットで調べる限りでは眺めが良く、のんびりとした余生を過ごすには良さそうだった。

ところが、Aさんが母とともに不動産屋に連れられて内見に行ったときに抱いた感想は冒頭の通りだったという。

「人が少ないんです。ガランとしてて。マンション自体は広い敷地に何棟も立っているかなり大きなものなんですけど、2割ぐらいしか埋まってないみたいで。カーテンがかかっていない部屋のほうが多かったです」

Ａさんは全体的に荒んだ印象のあるそのマンションを好きになれなかったが、母は逆にそれを落ち着いた雰囲気と感じて気に入ったようだった。

不動産屋に勧められるまま、５号棟の３階の一室を内見したＡさんと母は、その場で契約を決めた。

母の新天地での生活が始まったと同時に、Ａさんは仕事の繁忙期に入ってしまい、次にその部屋を訪ねたのは半年ほどしてからだった。

「相変わらず暗い雰囲気の場所だなって思いました。でも、母はそこで無事に一人で生活をできている様子だったので安心もしました。数人は友達もできたみたいで」

ただ、母の様子が少しおかしかったという。

「自分と話すとき以外はずっとぼんやり窓の外を眺めてるんですよね。何をするわけでもなく。ボケちゃったのかなって心配になりました」

気になったＡさんは母に何を見ているのかと聞いたが、返ってきたのは一言だった。

「待ってるの」

それ以上母は答えなかったという。

その晩、Aさんと母が食卓を囲んでいると窓の外で大きな音が聞こえた。

「ドンッ」という音と「バシャッ」という音が同時に鳴ったような奇妙な音だった。

あまりの音の大きさに驚いたAさんは窓に駆け寄った。だが、それよりも速く、驚くような素早さで母が先に窓に駆け寄った。


窓の下には四肢がおかしな方向にねじれた人間が血だまりの中で、細かく身体を痙攣させていた。


あまりのことに驚いて母のほうを見たAさんは恐怖した。

窓の下の惨状を見つめながら、母はニコニコと笑っていたのだ。


一時的に母を親戚に預け、マンションからAさんの家へ母の荷物を運ぶ引っ越しのトラックを見送ったその日、敷地内の公園で一人の中年女性に声をかけられた。

聞けばその女性は別の棟に住む母の知り合いだという。

Aさんが、母が引っ越す旨とお世話になったお礼を述べると女性は言った。

「寂しいけど、そのほうがいいと思う。あんなところに住み続けるのは気持ち的にもよくないしねえ……」

5号棟で自殺があるのは今回が初めてではないらしい。それどころか、毎年のように人が何人も飛び降りている。一部では自殺の名所として有名なのだそうだ。

自殺者はそのマンションの住人ではなく、わざわざ遠くから「死にに来る」人が大半だという。なぜか他の棟ではそういったことはなく、5号棟だけで飛び降りが多いことからマンションの住民もあまり5号棟には近づきたがらないらしい。

そんな場所に母は住んでいたのだ。

Aさんはふと思いつき、今回以外に母が越してきてからも自殺はあったのかと女性に尋ねた。

すでに二人が飛び降りていたらしい。

Aさんはそれを聞いて確信してしまった。

母は誰かが飛び降りるのを待っていたのだ。

「待っている」掲載前原稿

プリントアウトに貼りつけられた付箋に赤字で指示のメモあり
「この記事ですが、台割の関係上掲載ページが4Pから2Pに変更になりました。細かい描写を削って飛び降り自殺に焦点をあてた怪談にリライトしてください！」

＊＊＊＊＊

Aさんの母はいつもニコニコと笑っている穏やかな女性だった。

Aさんは20歳頃まで、父・母・Aさんの三人で岡山の実家で暮らしていた。

就職を機にAさんは勤務先の長野で一人暮らしを始めた。20年ほど経った頃、実家の父が脳梗塞で倒れた。運悪く発見が遅れたこともあり、病院での治療の甲斐《かい》なく父はその日のうちにこの世を去った。

一人残された母を気遣って同居も提案したが、母は一人息子に苦労をかけたくないと、それを断ったという。40歳を過ぎても独身のAさんの婚期がこれ以上遅れることも心配していたのだろう。

折りを見て帰省しては母を気にかけていたが、実家の広い一軒家で一人過ごす70歳近い母はやはり寂しそうに見えた。

「お母さん、引っ越そうと思うの」

母から連絡を受けたAさんは、初めは驚いたものの、その内容を聞いて賛成した。

母が引っ越し先としてあげたのは不動産屋で紹介されたという●●●●●にあるマンションだった。

実家の一軒家は一人で住むには管理が大変で、そこかしこにある父の思い出に心が囚われてしまう。いっそ場所を変えて、そこで余生を過ごしたい。マンションなら何かあったときも隣近所と支え合える。そんな母の気持ちが理解できた。


Aさんがインターネットで調べたところ、80年代のニュータウンブームに乗って建設された多棟型のそのマンションは、かつてはファミリー層を中心に分譲マンションとして人気だったという。現在は分譲賃貸として多くの部屋が貸し出されており、住民はどちらかというと高齢者の夫婦や母のような単身者が多く、家賃も間取りに対してはかなり安く感じられた。

山を削った小高い場所に位置してはいるものの、街との距離は近く、毎日の買い物で下るであろうゆるやかな坂道は高齢者の足でもそこまで苦にはならなそうだった。


不動産屋に連れられて母とともに内見に訪れたAさんが感じた第一印象は「暗い」だった。

街を見下ろす景色はとても良く、背後の山からは自然を感じられる。にもかかわらず「暗い」と感じた。人が少ないのだ。マンションは広大な敷地に何棟も立っているが、外を歩いている人間が全くおらず、敷地内の公園にも人の姿はない。建物自体も、大半の窓にカーテンがかかっておらず、入居者は3割にも満たない様子だった。花壇や共用部分の手入れもされておらず、全体的に荒んだ雰囲気がその印象に拍車をかけていたという。

Aさんの不安とは対照的に、母はそのマンションを一目で気に入った。景色の良さや自然のある立地はもちろん、人が少ないことも大人しい母にとっては気疲れせずにちょうど良いと感じられたのかもしれない。

Aさんも、本人が住みたい場所に住むのが一番だろうと特に口出しはしないでおいた。

いくつか部屋を見て回ったなかで最終的に母が決めたのは5号棟の3階の一室だった。10階建てではあるが高層階は昇り降りが手間だろうということ。5号棟は比較的単身者用や二人暮らし用の間取りが多く、似た環境のなかで近所付き合いがしやすいという不動産屋の強い勧めに従った形だった。

ところが、引っ越し当日に母と一緒に挨拶に訪ねた同じ階の部屋のなかで、ドアを開けてくれたのは一部屋しかなかった。その住民もひどく無愛想な高齢の男性で、手土産のお菓子を受け取ると挨拶もそこそこにドアを閉めてしまった。

本当にここに住むことが母にとって良いのだろうか。そんな不安をAさんはぬぐい切れなかったという。

母の新生活が始まって半年ほど経った頃、Aさんの暮らす長野の賃貸で水漏れが起きた。それはAさんの部屋の真上で起こり、必然的にAさんの部屋は水漏れの被害をもろに被ってしまった。管理会社が言うには部屋のクロスの貼り換えなど現状回復に2日ほどかかるという。その間家を失ってしまったAさんは、これを良い機会に仕事を休んで、母の暮らすマンションに2日間身を寄せることにした。

母の引っ越し以降、Aさんの仕事が忙しくなったこともあり、会うのは久々だった。電話口の母は喜んでいたという。

引っ越し以来初めて訪ねるそのマンションは、やはり暗い雰囲気をまとっていた。

ただ、母の部屋に入ると、壁にはカレンダーがかけられ、引っ越し以降に買ったであろう本が本棚に増えており、母がこの部屋で新たに暮らしの基盤を築いていることが感じられた。住民は少ないながらも何人かは近所で世間話をする知り合いも増えたのだという。その事実はAさんを少しホッとさせた。

Aさんの母はいつもニコニコと笑っている穏やかな女性だった。

それはAさんに対しても同じで、幼い頃のAさんは学校であったできごとをよく母に話した。そんなとき、母は特に何を言うでもなくニコニコと楽しそうにAさんの話を聞いてくれた。厳格で近寄りがたい雰囲気の父とは対照的だったという。

Aさんが母の住むマンションを訪ねたその日も、母はカーテンを開け放した日差しの射す窓のそばで、ゆったりと座椅子に座りながら近況報告をニコニコと聞いてくれた。

ただ、その様子がAさんの知っている母とは少し違っていた。会話のなかで時折表情が歪むのだ。Aさんの話を聞きながらニコニコと相槌を打つ笑顔が時折、歯をむき出しにしたような満面の笑みに変わる。笑顔ではあるが、無理矢理に笑っているようなおかしな顔だった。なぜかAさんは、その笑顔の奥に、誰もいないマンションを見たときと同じ「暗さ」を感じた。Aさんがそのことを指摘しても、母は自覚していないようだった。

また、母は座椅子に座りながら長い間、ぼんやりと窓の外を眺めていた。窓の外に広がる山の景色に何をするでもなく目をやっている。もともと内向的で出かけるよりも読書をすることが好きな母だったが、テレビをつけるわけでも音楽を流すわけでもなく、ただただ外を眺めているその姿に、想像したくはなかったが痴呆の始まりを感じてしまったという。

たまりかねてAさんは聞いた。

「どうして外ばかり見てるの？　珍しい鳥でも飛んでくるの？」

母は相変わらず外に目をやりながら答えた。

「待ってるの」

Aさんは母が何を待っているのかを尋ねたが、母はニコニコと笑うばかりでそれ以上は何も言わなかった。

その日の夕方、台所に立ちながら母が言った。

「今日は肉じゃがを作るね。デザートは柿を冷やしておくからね。両方大好きだったでしょ？」

確かにAさんは肉じゃがが大好きだった。しかし、柿は特に好きではない。しかも今は春だ。柿の季節ではない。やはり母は少しボケてしまったのかと悲しい気持ちになった。

そんなAさんの気持ちをよそに、食卓には料理が並んだ。

肉じゃが、味噌汁、菜の花のおひたし、春雨サラダ、炊き立てのごはん。どれもAさんが好きなメニューばかりだ。それが余計に悲しかった。

だが、一口食べたAさんは言葉が出なかった。味がしないのだ。

認知症の症状として、作る料理の味がおかしくなるというのは有名な話だ。ただ、母の作ったそれは、そういった例とは一線を画しているように思えた。見た目は肉じゃがなのに、全く味がしない。まるで砂を噛んでいるかのような気分になる。砂糖と塩を間違えればそれは当然違和感を伴ってまずくなるだろう。しかし、そういったまずさやえぐみといった味もしない、全くの無味だったという。

言葉を失っているAさんに気づかず、母は自分の皿に盛ったそれをせっせと食べ進めていた。その様子も、食を楽しむというよりかは何かの作業として口に運んでいるように見えたという。

大切な母を放っておくわけにはいかない。

Aさんは母を引き取って同居することを心に決めた。

箸を置いて、母にどう切り出そうか考えていたそのとき、窓の外で大きな音が聞こえた。

「ドンッ」という音と「バシャッ」という音が同時に鳴ったような奇妙な音だった。

あまりの音の大きさに驚いたAさんは窓に駆け寄った。だが、それよりも速く、驚くような素早さで母が先に窓に駆け寄った。

窓の下には四肢がおかしな方向にねじれた人間が血だまりの中で、細かく身体を痙攣《けいれん》させていた。

Aさんの母はいつもニコニコと笑っている穏やかな女性だった。

その瞬間をAさんは忘れられない。

窓の下の惨状を見つめながら、母はニコニコと穏やかに笑っていた。

一時的に母を親戚に預けたAさんが、マンションから長野に向けて母の荷物を運ぶ引っ越しのトラックを見送ったその日、敷地内の公園で一人の中年の女性に声をかけられた。

聞けばその女性は別の棟に住む母の知り合いだという。先日、母の部屋に出入りするAさんの姿を見かけ、今日たまたま通りがかったAさんに声をかけようと思ったらしい。マンションには住人が少ないこともあり、母が引っ越した当初、公園を散歩中に知り合ったその女性は何かと気にかけてくれていたという。ただ、母があまり出歩かなくなってからは付き合いも途絶えてしまった。

Aさんが、母が引っ越す旨とお世話になったお礼を述べると女性は言った。

「寂しいけど、そのほうがいいと思う。息子さんが一緒だと安心だし、何より、あんなところに住み続けるのは気持ち的にもよくないしねえ……」

5号棟で自殺があるのは今回が初めてではないらしい。それどころか、毎年のように人が何人も飛び降りている。一部では自殺の名所として有名なのだそうだ。

自殺者はそのマンションの住人ではなく、わざわざ遠くから「死にに来る」人が大半だという。なぜか他の棟ではそういったことはなく、5号棟だけで飛び降りが多いことからマンションの住民もあまり5号棟には近づきたがらないらしい。

そんな場所に母は住んでいたのだ。

Aさんはふと思いつき、今回以外に母が越してきてからも自殺はあったのかと女性に尋ねた。

すでに二人が飛び降りていたらしい。つまり、住み始めてから3度も飛び降り自殺を目の当たりにしていることになる。

Aさんはそれを聞いて確信してしまった。

母は待っていたのだ。あの窓辺に座りながら、誰かが飛び降りるのを。

現在長野でAさんと暮らす母は、呆けたように一日中窓の外を眺めているという。

何かを待つように。

某月刊誌　２００８年７月号掲載

「謎のシール、その正体に迫る！」

近年、ネットを中心に話題となっている「謎のシール」の存在をご存じだろうか？

以前より小誌読者からも多数の調査依頼を受けていた本件について、この度編集部が本格的に調査に乗り出すこととした。

・謎のシールとは？
まずは写真をご覧いただきたい。10㎝四方の正方形の白地のシールに、簡略化された黒い鳥居の絵が大きく描かれており、その鳥居の中にはなんとも形容しがたい人の絵が配置されている。一番近いのは比叡山延暦寺《ひえいざんえんりゃくじ》の厄除けの護符として有名な角大師《つのだいし》だろうか。ただし角大師の名前のもととなる角はなく、手足の異様に長いその抽象的な絵は禍々しい雰囲気を醸している。またシールの四隅には「女」の文字が書かれている。

この不気味で意図不明なシールが至るところで目撃されているのである。

・分布場所
編集部の実地調査によると少なくとも都内でその存在が複数確認された。貼られている場所は電柱や建物の壁面が最も多かった。それ以外では、街の郵便ポストの底面や、廃屋の窓など目に触れさせる目的とは思えない場所も多くあった。

シールはコピーされたものではないようで、描かれているものは同じながら、ボールペンで描かれたと思しきものや、筆で描かれたであろうものなど、細部や絵のタッチが異なっていた。

以上に加え、ネットでも調査をおこなった。某掲示板ではこのシールに関して専用のスレッドが立てられるほど話題となっており、調査隊と銘打って日本全域でこのシールの分布図を作成しようという動きがあるようだ。

スレッドによれば、シールは北海道から沖縄まで全国で目撃されており、特に多く分布しているのが西日本だという。

・専門家の見立て

絵柄に宗教的な、または呪術的な意図を感じ取った編集部は某大学の宗教学の教授に見解をうかがった。以下はその内容である。

「私が知っているもののなかに類似したお札はありません。鳥居が描かれている以上はお寺ではなく神社に由来するものだとは思います。ただ、一般的なお札はイラストのみで構成されることはほとんどなく、信仰対象となる神の名前や神社の名前、あとはお経が文字で書かれています。このシールの場合はそれが四隅に書かれた女という文字のみです。また、この人のような絵も、類似するものは見たことがありません。おっしゃる通り、角大師の絵に近いものを感じますが、描き手を変えたことで角大師のディテールが変化したものというよりは、もとから違うものを描いたように見えますね。素人《しろうと》が何かしらの目的でお札のようなものを作ったと考えるのが自然かと思います」

・情報提供者の証言

編集部はこのシールに関しての情報を知る人物へのインタビューに成功した。以下がその四人の証言である。

Oさん（52歳、男性、ガードマン）の証言

私が派遣されたそのビルは日本人なら誰でも聞いたことがある大企業の本社ビルでした。日勤だった私は、同僚と持ち回りで複数ある出入り口の警備をしたり、駐車場の見回りをしたりしていました。

あるとき、私が所属する派遣元の警備会社にそのビルからお達しがありました。ビルの壁面にいたずらをされているから見回りを強化してほしいっていうんです。

そのいたずらっていうのが、例のシールでした。不気味なシールがビルの壁面に貼られてるんですね。貼られている位置は腰の高さのものもあれば、かなり下のもの、背伸びしないと届かない場所まで様々でした。それがビルの四方の壁面に点々と貼られるんです。

お達しが出てからは私たちも見かけると剝がすようにしていました。乱暴に剝がすと跡が残ってしまうので、けっこう神経を使う作業なんです。迷惑しましたよ。ビルの清掃の人も毎日剝がしてたみたいですね。この被害はそのビルに限ったことではなくて、近くの公園や飲食店でも同様に貼られてたみたいです。

ただ、なんだろう……私が見た感じだと貼り方が適当なんですよね。そのシールをきちんと見せようとした貼り方じゃないというか。貼るということ自体に目的があるみたいでした。陣取りゲームでもしてたんじゃないでしょうか。あのシールが貼られた場所を領土にするみたいなルールで。ビルに貼られていたものも、嫌がらせ目的というよりかは、剝がされたから補充しているみたいな淡々とした印象でした。

でも、おかしいのが誰もシールを貼ってる人間を見たことがないって言うんですよ。気づくと貼ってある。

一応、私たちも仕事ですからお達しが来た以上は今までよりしっかり見回りはしてたんですけどね。巡回ルートにわざわざビルの周りを一周するものまで加えて。それでもシールは毎日貼られ続ける。

私はそんななかで派遣先が変わったので、ここから先は同僚から聞いた話になります。私が去ってからもそのシールは貼られ続けたらしいです。全くおさまらないので、ビルの外に新たに監視カメラまで設置することになったんだそうです。

で、監視カメラを設置したその日、日勤も夜勤も担当者はモニタールームで、新たに設置されたものも含めてビルの監視カメラをチェックしていたそうです。異常はなかったみたいですよ。ところが、その次の日同僚が夜勤と入れ替わりで出勤すると大騒ぎになっていたんだそうです。ビルの2階の窓にシールがぽつんと貼られていたっていうんです。あのビルの2階なんて大人が三人肩車しても届きませんよ。それを早朝にフロアの清掃の人が見つけたらしくて。中からだと白い面しか見えないんですが、太陽の光で透けてそれが例のシールだってわかったときはゾッとしたそうです。その2階の窓が直接映る場所に監視カメラは設置されていなかったそうですが、付近のカメラを改めてチェックしても怪しい人間は映っていなかったみたいです。

Tさん（48歳、男性、新聞記者）の証言

2003年に起きた「埼玉一家行方不明事件」（※編集部註）の担当になったときの話です。あれは今思い出してもおかしな事件でした。一家四人全員神隠しか？　なんて編集部でも話題になっていました。警察も事件性を考慮してか情報をなかなか公開しなかったので取材に苦労しましたよ。話題性もかなりあったのでどの新聞社も必死でネタをつかもうとしてました。

私もその一人でしたね。最近はあんまりしなくなりましたけど、夜討ち朝駆けまでして情報を集めてました。そんななかで昔から付き合いのある刑事さんがぽろっと漏らしたんです。

「あの事件は気持ち悪い。俺はできれば関わりたくない」

そのときは、これは特ダネのにおいがするぞって思いました。まあ結局空振りだったんですが。必死で頼み込んでチラッと教えてもらったのは、その家の異様さでした。

一家が一瞬で消えてしまったみたいな状況だったのはもうすでに報道されているかと思うんですが、おかしな点が他にもあったそうです。


その家の居間には、食べかけの朝食が放置されていたダイニングテーブルのそばに、テレビに向き合う形でソファとローテーブルがあったそうです。食事のとき以外はそこでくつろぐみたいな、まあよくある間取りですね。問題はそのローテーブルでした。

正方形の紙のたばが四つ置かれていたそうです。たばは10㎝ぐらいの高さがあったそうです。枚数にしたら何百枚になるんじゃないかな。そばには四本のペンも置かれていたと聞きました。

かなりの枚数のその紙には全てに同じ絵のようなものが描かれていたそうです。鳥居の中に人がいるみたいな。

状況から想像すると、一家は全員でその紙に絵を描いてたと思いますよね？　でも次女は3歳ですよ？　何百枚も同じ絵を描く根気も技術もあるとは思えない。そもそもなんのためにそんなものを大量に描かないといけなかったのかもわからない。

その話を聞いたとき、これは宗教絡みの事件じゃないかと疑いました。すぐに方々手を尽くして調べましたが、肝心のその絵の写真を入手できていないのと、鳥居の中に人の絵という手がかりで該当するお札や宗教は見つかりませんでした。
デスクの判断で、憶測の域を出ない以上先走って事件と宗教を関連づけた記事は出すべきではないということになり、結局書きませんでしたよ。

最近になって例のシールの話を聞いて、もしかしてと思いました。まあ実際にその一家が描いた絵を見てないのでなんとも言えませんが。

※編集部註
２００３年、埼玉県川越市《かわごえし》で起きた行方不明事件。都内勤務のEさん（38歳）とその妻（36歳）、長女（７歳）と次女（３歳）が一夜のうちに姿を消した。Eさん宅には食事中だったと思しき食べかけの朝食が残されていた。勤務先や親族、知人にも一切の連絡がなく、自ら消息を絶つ動機もなかったと思われる。不可思議な事件として当時、ニュースでも大々的に報じられた。２００８年７月現在も未解決。

Fさん（20歳、女性、大学生）の証言

私が当時通ってた関西の女子高で一時期チェーンメールが流行《はや》ったことがあったんです。よくあるじゃないですか。この画像を三人以上に回さないと不幸が訪れるとかいうやつ。

そのなかのひとつがそのシールの絵にそっくりでした。大学生になって街中でたまたま見かけたときには驚きました。

ただ、そのシールとはちょっと違う部分がありました。これは四隅に「女」って書いてますけど、確か私が見たのは「了」って書いてたと思います。これはどういう意味なんだろうねって話してたから憶えてます。

そのチェーンメール、普通のとはちょっと違ってて、そのシールによく似た画像が送りつけられてくるんですけど、一緒に書いてある文章が変だったんです。もうかなり前なので記憶があやふやなのですが確かこんな内容でした。

『見つけてくださってありがとうございます。みなさんに広めていただければ素敵なお友達ができます。かわいい子です。』

気持ち悪いですよね。みんなふざけて送り合ってたんですが、クラスで霊感があるっていう子が、これはマジでやばい、すぐに消去したほうがいいって言うから、私は受信ＢＯＸから消しましたけど。

Kさん（45歳、女性、主婦）の証言

このシールのせいで私のお友達はおかしくなっちゃったと思います。本当に気をつけてください。

Rさんとはご近所同士で、家族ぐるみのお付き合いをしていました。うちは子どもがいて手がかかるので専業主婦ですけど、Rさんのところはお子さんがいなかったっていうのもあって、ご夫婦そろってバリバリ働かれてました。それでもゴミ出しのときなんかに会うと気さくに話しかけてくれて、お宅にお邪魔することもあったり、すごく仲良くさせてもらってました。

休日に久しぶりにお茶でもってことでRさんのお宅にお邪魔したときのことでした。他愛もない話で盛り上がってるときにRさんが言ったんです。最近ハマってることがあるって。

Rさんは保険のセールスレディをしてたんですが、一般のお宅への飛び込み営業も多かったらしくて、そういうときはだいたい自転車か徒歩らしいんです。一日の移動距離も相当なものらしくて、必然的に担当の街の地理には詳しくなるそうなんですね。そんななかであのシールが街の色んなところに貼られていることに気がついたんだそうです。

最初の頃は、あ、またあるなぐらいだったそうなんですが、そのうち見つけるのが楽しくなってきたそうです。けっこう見つけづらいところに貼ってあったりするもんだから宝探しみたいな気分になってきたらしくて。見つけられたらラッキーって感じで、探しながら外回りをするようになったそうです。

旦那さんも「変なことしてるでしょ、こいつ」ってそのときは苦笑いしてました。

次にRさんからその話を聞いたとき、正直言って「大丈夫かな?」って思ってしまいました。そのシールを見つけたところをマークした地図まで用意して、熱心に話すんです。このエリアではいくつ見つけた。今度はこっちのほうを探してみようって。まあ、仕事熱心な人は趣味にも熱心なのかなって思って適当に聞き流してましたけど。今思えばあのときからちょっとおかしくなってたのかもしれません。


それからしばらくして、Rさん亡くなっちゃいました。

自殺だったそうです。

休日に突然「●●●●●に行ってくる」って言って一人で出かけたらしくて。ダムに飛び降りたそうです。

お葬式にも参列したんですけど、旦那さん、憔悴《しょうすい》しきっちゃっていて見てられませんでした。

四十九日が明けた頃だったと思います。近所で旦那さんとバッタリ出くわしたんです。お葬式以来お会いしてなかったので、「落ち着きましたか」って声をかけたんですね。旦那さんは微笑《ほほえ》みながら、ゆっくりとした口調で話し始めました。

やっと色々落ち着いたこともあって、旦那さんは今まで手をつけられなかったRさんのものを整理しようと決めたんだそうです。時間をかけて遺品をひとつひとつあらためる作業はやはり辛いものでした。

Rさんが実家から持ってきたというお気に入りの鏡台を目にしたとき、旦那さんは不意にRさんのことが愛おしくなったそうです。

鏡の部分が三面鏡になっていて両側からパタンと閉じられるその鏡台は、あんなことになってからはずっと閉じられていました。いつもそこでメイクをしていたRさんの姿を思い出した旦那さんは、その鏡台の前に座れば、本人の気持ちがわかるような気がしたのかもしれません。心の中でRさんに語りかけながら鏡を開いてみたんだそうです。

そこには、あのシールが何枚も何枚も貼られていました。三面鏡の全ての面にびっしりと。旦那さんはその光景から長い間、目が離せなかったそうです。シールの隙間からわずかにのぞく鏡に自分の顔が映ったとき、初めて旦那さんは自分が笑っていることに気づいたといいます。

その話を聞いた日からしばらくして、旦那さんは引っ越してしまいました。夜逃げみたいに家財道具もそのままにしてどこかに行ってしまったみたいです。

四人の証言からもおわかりの通り、このシールにはなんらかの呪術的な効果があると思われる。その拡散方法にも人外の力を用いている可能性がありそうだ。もし、読者の皆様が街中で見かけたとしても安易に近づかないよう、気をつけていただきたい。

また、三人目の証言の内容から、このシールの絵は媒体を問わず広められている可能性が考えられる。描かれている内容が複数確認されていることも興味深い。何者かが悪意をもって様々な手段で呪いを広めようとしているのであれば相当な脅威になるだろう。

この謎のシールについて、編集部では引き続き調査を進めていく。続報を待たれよ！

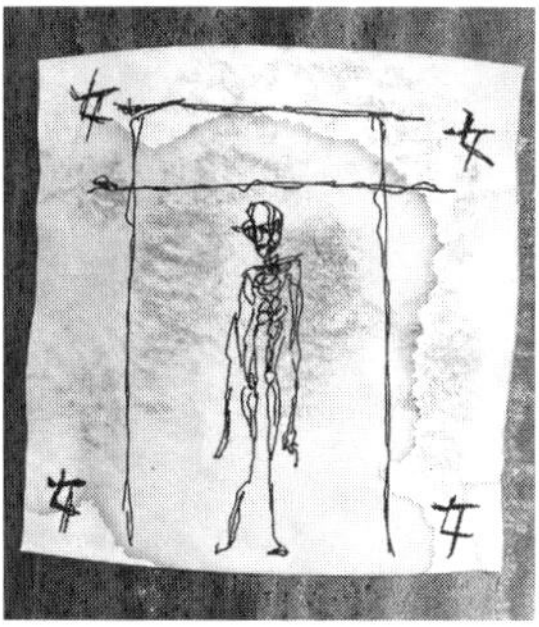

編集部が実地調査で撮影したシール。複数の人間が共通の存在を広めようとしているのだろうか？

『近畿地方のある場所について』

3

「なんだか散らかってきましたねえ……」

モニターに映る小沢くんの顔は、そのつぶやきとは裏腹に少しうれしそうに見えました。

前回の会合のあと私たちは、互いに仕入れた情報をメールで送り合っていました。

都度内容について意見を取り交わすより、考察に足る情報が集まってから話したほうが有益だろうと小沢くんから提案を受けたからです。そうしてある程度情報が出揃った半月後、私たちはリモートで打ち合わせをすることになったのです。

コロナの影響でリモートでの打ち合わせが増えたとはいえ、いまだに対面でないとどこか落ち着かない私をよそに、手慣れた様子で画面を共有しつつ話を進めていく彼を見ると、どうしても世代間ギャップを感じてしまったものです。

「多少込み入っていたほうが読者を楽しませられますよね。僕もこういう謎解きは嫌いじゃないです」

冒頭の言葉に次いで彼は笑いながら言いました。

まず、私たちは情報を整理することにしました。

山を中心に怪異が広がっているという小沢くんの推測に間違いはなさそうですが、どうやら種類はひとつではなさそうです。

大まかに分けるために怪異を、『山へ誘うモノ』『赤い女』『呪いのシール』と名づけました。

山へ誘うモノが●●●●●で目撃されるときは山の西側、赤い女は東側が多い印象です。

ここまでを共通認識とした上で、それぞれの話についての考察を始めました。

「『バイカーのブログ』は、恐らく以前から僕たちが集めてきた怪談に出てくる山へ誘うモノに関連していると思います。『おかしな書き込み』と『男に追われている読者からの手紙』に出てきた神社と特徴も一致しますね。女の子の人形が出てくるあたり、女性に執着しているのも同じです」

彼の言葉を受けて、私は自分が感じていた疑問を話しました。

私はこれまで漠然と、信仰を失った廃神社の神の強大な力が怪異の原因ではないかと考えていました。ところが、「バイカーのブログ」で人形が詰め込まれているのは祠です。もちろん通常、祠に祀られているのも神ではありますが、この場合は神社の主祭神ではなさそうです。あと、祠の中には本来何が祀られていたのか、どうしてそれがなくなっているのかが気になっていました。なんらかの理由でなくなってしまったのか。それとも最初から何も入っていなかったのか。

「あの辺りの郷土史料を調べるか、歴史に詳しい人に話を聞かないと神社に関してこれ以上の調査は難しそうですね。しかも祠ですから、詳細な由来が現在まで残っているかは期待できなそうな気がします……。ネットには特に情報はありませんし、マップにもあの廃神社の名称は載っていませんでした」

小沢くんのその言葉を一旦の区切りとして、私たちは次の話題に移りました。

赤い女は「賃貸物件」「呪いの動画に関してのインタビュー」に出てきます。「読者投稿」に書かれている女も概《おおむ》ね特徴は一致しています。噂が広まるなかで多少内容が誇張されたと考えると同じ女についての話とみてよさそうです。

ただし、この赤い女については多くの謎があります。小沢くんの言葉を借りるなら「意図不明」です。なぜジャンプしているのか。どういう感情を抱えているのか。行動原理がわかりません。

「山へ誘うモノが山へおびき寄せるのに対して、赤い女は近づいてきていますね。見つけられたがってもいる印象です。ただ、情報がまだまだ必要そうですね。そういった意味では、元編集部員のKさんにインタビューしていただいたのは本当にありがたかったです。私だけではつながれませんでしたから。引き続き、豊富な人脈を活かして情報を集めていただけると助かります」

私は黙ってうなずきながら、「呪いの動画に関してのインタビュー」に出てきた大学生は現在どうしているのだろうと考えていました。結局あの女はついてきたのでしょうか。

続いて、私たちの話題は山の東側の「幽霊マンション」へと移りました。

「『まっしろさん』にも出てくるマンションですね。もっとも、30年近く経った『待っている』ではすっかり寂《さび》れてしまっているみたいですが。でも、『男に追われている読者からの手紙』の内容を見るに、あのマンションが建てられて十数年後にはもう5号棟が飛び降りスポットとして有名になっていたみたいですね。寂れたのはそれが原因なのか、『それも』原因なのかは一考の余地がありそうですが」

含みのある彼の言い方に、私が意図を尋ねると彼は続けました。

「恐らくもう気づいてらっしゃるかとは思いますが、僕があとから資料の山に見つけた『待っている』の未掲載原稿です。掲載原稿では風景描写がカットされているからわかりませんが、5号棟の窓からは山が見えるんですよね。そう、あの山です」

彼は言いながらネットの航空地図を私の画面に共有しました。

「語り手の母親はこの窓から毎日山を見ていたことになります。もちろん、あのできごとだけを切り取ると待っていたのは『人が自殺するところ』という解釈になるでしょう。ただ、私たちはあの山が普通ではないことを知っています。母親が待っていたものに新たな解釈が生まれますね」

母親が語り手に柿を食べさせようとする描写があることも小沢くんの説を補強しそうだと、私は言いました。

この話に山へ誘うモノが関係していると仮定すると、なぜ5号棟からだけ人が飛び降りるのかも説明がつきそうです。航空地図上の山の中にポツンと見える小さな建物、つまり例の廃神社とマンション群を直線で結んだときに一番距離が近いのが5号棟になるのです。

「待っている」の中で二人は窓の外を見下ろして飛び降り自殺を目撃します。飛び降りる人間がたまたまそこを選んだのでなければ、神社に近い棟のなかでも一番神社に近い面、つまりは屋上に立って神社の方向に向かって飛び降りた形になります。

山の西側ではダムに飛び降り、東側ではマンションから飛び降りるのかもしれません。

「『呪いの動画に関してのインタビュー』でも5号棟は出てきますね。いつ撮影されたのかは不明ですが。こちらには赤い女も映っています。赤い女も山と何か関係があるのでしょうか」

質問に対しての答えを私が持っているはずがないことを彼も知ってか、半ば独り言のようにつぶやきました。


「赤い女と同じくらいわからないのが呪いのシールですね」

私も、小沢くんから「謎のシール、その正体に迫る！」が送られてきたとき、一読して思わず首を傾げてしまいました。

証言者の一人がわざわざ●●●●●のダムで自殺をしていること、シールの絵に鳥居が出てくることなどからなんらかの関連があることはわかりますが、なぜ複数の種類が存在するのかがわからなかったのです。

「描かれている人の絵が山へ誘うモノだとすると、四隅の『女』はなんとなくイメージが結びつきます。ただ、『了』のほうが全くわからないですね。読み方は『りょう』でしょうか。何かが完了したことを知らせるものだったのか……。しかも『了』のチェーンメールの文面は『賃貸物件』の赤い女からのメッセージに似ていますね。まあ、記憶があやふやだとは証言者も言っていますから、たまたま似ただけの可能性も考えられますけど」

2種類のシールは、違う役割を持つものなのか、作られる過程で派生したのか、考え込む私に彼が続けます。

「記事をお送りしたあと、自分でも調べてみたんです。家の近所を散歩がてら探し回ったぐらいですが。ただ、僕の生活エリアでは見つけられませんでした。その代わり、ネット上にはたくさんありました」

実は、私も同じことを調べており、ネット上に呪いのシールが蔓延していることを知っていました。

画像検索を使って呪いのシールと同じものを掲載したページがないか調べたところ、多数ヒットしたのです。

SNSでその画像のみを延々とアップするアカウントが存在したり、掲示板のあらゆるスレッドに脈絡なく無作為に投稿されていたりと手法は様々ですが、何者かがこのシールの画像を広めようとしていることはわかりました。見つけた画像はやはり2種類で、あるときは「女」であり、あるときは「了」でした。

「何年にもわたって、色んな手段で同じものが広められているなんて、さすがにちょっと怖くなりますね」

そう言ったあと、少し間を置いて彼は言いました。

「実は僕、呪いのシールの記事を読んだとき、同じような話を思い出したんです。僕の大学の同級生から聞いた話なんですが……」

小沢くんが話したのは次のような内容でした。

＊＊＊＊＊

小沢くんは大学生時代、同じ学部の友人であるEさんからある絵についての話を聞きました。

その絵とは「鳥居のようなもの」が描かれた絵だったそうです。

Eさんは大学進学を期に、地元の東北から上京してきた「見るからに純朴な青年」だったといいます。

小沢くんとは学籍番号が近いこともあり、入学当初から話す機会が多く、たまに食事に行ったりするような仲でした。

それは私と小沢くんが知り合った年の、秋の頃でした。

2年生になり、髪も茶色に染めすっかり垢ぬけた雰囲気になったEさんは、昼休みの学食で小沢くんに言ったそうです。

「ビジネスサークルに入った。卒業したら起業する」

聞けば、勧誘されたのは大学近くのカフェで、隣のテーブルに座っていた男女二人組から「この辺りでオススメの飲食店はあるか」と話しかけられ、それをきっかけに話が弾んだそうです。会話のなかで商才を見出されたEさんは、そのサークルに参加することになったといいます。

目を輝かせながら将来の展望を語るEさんの様子を見て、小沢くんはすぐに、根は純朴なままの友人が都会の人間によって搾取《さくしゅ》されつつあることに勘づいたそうです。

高額な会員費を徴収される恐れがあることや、マルチ商法の集団に引き込まれて破滅してしまう危険があることを必死で説明しましたが、Eさんは全く聞く耳を持ちませんでした。

それどころか、いかにそのサークルが有益なものであるか、一度参加すればわかると勧誘をしてくる始末だったそうです。

もう小沢くんにはEさんを止めることはできませんでした。そのサークルが真っ当な活動をしていることを祈りつつ、彼とは距離を置くことにしました。

小沢くんから距離を置くまでもなく、それから半年ほど、大学でEさんのことを見かけることはなかったといいます。ほとんど授業にも出席していないようでした。

次にEさんを大学近くのコンビニで見かけたとき、彼はずいぶんとやつれていました。小沢くんを見て開口一番こう言ったそうです。

「俺が間違っていた。あいつらはヤバかった」

そのサークルでの活動はEさんにとって、とても刺激的なものでした。

起業経験のある社会人から直接成功秘話を聞くことができるセミナーや、なりたい自分になるための勉強会などで、それまで惰性で大学に通う毎日を過ごしていたEさんの意識は180度変わったといいます。そうするうちに、大学の授業の優先度は下がっていき、いつしかサークル活動が生活の中心になったそうです。

メンバーも大半がEさんと同じようにサークル活動に入れ込む大学生で、そんな仲間と夢を語り合うのは最高の時間でした。

そんな日々が数か月続いたとき、Eさんは社会人の幹部メンバーから声をかけられました。

それは、特別なパーティーへの誘いでした。そのパーティーはサークルの中でもごく一部の選ばれたメンバーしか参加できないもので、企業役員でもあるサークル代表の自宅で催されるといいます。

Eさんは二つ返事で参加の旨を伝えました。ここで代表に顔を売っておけば、将来の起業の際に役に立つという思惑もあったそうです。


パーティー会場である代表の自宅に着いたとき、Eさんは心底驚きました。

都内の一等地に立つタワーマンションの最上階、広々としたリビングは高級なインテリアで彩られ、大きなテーブルにはケータリングされた美味しそうな料理の数々が並んでいました。コレクションルームのような部屋もあり、そこには一見すると価値がわからないような、風変わりなオブジェや絵画などのアート作品の数々が並んでいたといいます。

十人を超える参加者が立食形式でグラスを片手にビジネスについて語り合う、そんな集まりに自分も参加できているうれしさと興奮でEさんはすっかり舞い上がっていました。


2時間ほど経った頃、不意に部屋の照明が落とされ、プロジェクターの光が白一色の広い壁を照らしました。

それを見て参加者が一斉に拍手する様子から、なんらかの恒例イベントが始まるのだろうとEさんは思ったそうです。

全員が見守るなか、壁に投影されたのはその絵でした。

黒一色の抽象的な鳥居だけが描かれた絵は、素人《しろうと》が描いたような雑なタッチでしたが、それを見たEさんは、アート作品か何かなのだと思いました。

「ワーッ」と歓声があがり、一瞬の静寂のあと、プロジェクターの光の中で参加者同士が堰を切ったように口々に話し始めたそうです。


「るきえむどじえうずめ」

「めしたがははあおえおいずめみおちくど」

「ぞぎつふいえはもすもおおえ」

「あいるずめそうづじえみふおぽれるとずえ」

「どいーしめこよいあすぴくそ」

「すえいみくるるるえおきむなし」

「あおいえふずもづいせろおあぶるいそ」

「ちめみふずろいてとっつすもいてとぶなるいけこみてる」

「ふえおいえぷし」

「りつふいととみなおいおえるつ」

「しこえりぶついとてみず」

Eさんには何が起こっているのかわかりませんでした。

戸惑うEさんをよそに、他の参加者同士は五十音をでたらめに散りばめたような言葉を発しながら、まるで互いに内容が理解できているかのごとく、楽し気に会話のようなことを続けています。

自分には理解できない何かが起きている。

恐怖におびえながらも勇気を出し、一番近くにいた参加者に「あの……」とEさんが声をかけたときでした。

それまでうるさいぐらいに話していた全員が一斉に黙り、Eさんをじっと見つめたといいます。

プロジェクターの発する「ジー」という駆動音だけがうるさいくらいに響く部屋の中、薄明るい光に照らされたたくさんの無表情な顔がひたすらEさんを見つめていました。

Eさんを見る目はどれもがらんどうのように虚ろで、なんの感情も読み取れないものだったそうです。

恐怖に耐えきれなくなったEさんは、会場を飛び出し、家に帰りました。

次の日、スマホにEさんをパーティーに招待した幹部からメッセージが届きました。

「昨日はありがとう。とても楽しい会でした。Eくんにとっても、いい経験になったと思います」

まるであのできごとがなかったかのような内容に、Eさんは一瞬自分が夢を見ていたのかと思ったそうです。ただ、何度も鮮明によみがえる恐怖に現実を確信し、それきりサークルとの関わりを断ちました。

それからひと月ほど経ち、やっとあの恐怖を忘れ始めていた頃、バイトから下宿先へ帰ったEさんは家のドアに白い紙が貼られているのを見つけます。その紙には例の絵が描かれていました。

それをきっかけに、何度剝がしても、絵はドアに貼られるようになりました。

Eさんは精神的に参ってしまい、寝られなくなってしまいました。

ある晩、寝つけないEさんがベッドで何度も寝返りをうっていると玄関のほうで「カタン」と小さな音が鳴りました。玄関のほうに目をやると、ドアポストの投入口が部屋の中に向かって開いていました。

目が中をのぞいていたそうです。

一切の光のないその目を見て、Eさんはパーティー会場で見つめられた目を思い出しました。

Eさんの姿を認めているであろうその目は動じることもなく、じっと中をのぞいていたそうです。

永遠にも思える長い間その目と見つめ合ったあと、不意にドアポストが閉じ、ゆっくりとした足音が家の前から遠ざかっていきました。

次の日の朝、ドアにはあの絵が貼られていたそうです。

＊＊＊＊＊

「当時Eから聞いた話では、その絵には鳥居以外何も描かれていなかったようです。でも、執拗《しつよう》に貼られ続ける点と、鳥居が描かれている点は共通していますよね」

ここまで話すと、空気を変えるように小沢くんは言いました。

「まあ、仮になんらかの目的で呪いがまき散らされているとしても、僕たちは霊媒師でも救世主でもないですからね。仕事のために引き続き情報を集めましょう。Kさんはインタビューの中で読者の一番の欲求は楽しみたいってところにあるとおっしゃってましたよね？　僕も同感です。ただ、できればリアリティのある作り話ではなく、あくまで真実に基づいた情報を提供したい。そのために、最後までお付き合いいただけるとうれしいです」

正直言って、私はもうこれ以上この件に踏み込みたくはありませんでした。関わりを持てば持つほど、自分の身にも危険が及ぶ可能性が高まる。そう感じていたのです。しかし、彼から仕事を引き受けた以上は続けざるを得ませんでした――

インタビューのテープ起こし　2

あっ、はい。僕もアイスコーヒーで大丈夫です。

Fさんとはもうだいぶ前から会ってなかったので、最近この件で連絡をもらって驚きました。はい。まだライターのお仕事されてるみたいです。

これって月刊〇〇〇の取材なんですよね？　あ、今は月刊じゃないんですね。

今日はあの編集の方はいらっしゃらないんですか？　えっと、もう10年以上前なんで名前を忘れてしまって……あ、そうそうKさんですね。

え？　Kさん、会社辞められたんですか？　そうなんですね……。

それにしても、どうしてあんなに前の話の追加取材なんてされてるんですか？　私が取材を受けた卒業研究の話も掲載はされなかったと聞いていますが。

あっいえいえ、怒ってるわけじゃないです。あのときはKさんにお祓《はら》いできる方をご紹介いただいて本当に助かりましたから。

おかげさまで、10年以上経った今も僕はこうして元気に暮らしてますし。来年には子どもも生まれるんですよ。

でも、うーん……初対面でこんな話するのは良くないんだろうけど、実は僕、Fさんのお願いじゃなかったら、この取材はお断りしてたと思います。

今でも憶えてるんですが、Kさんにちょっと失礼な態度を取られたっていうか……。いえいえ、あなたは無関係ですから謝らないでください。Kさんもお仕事柄ああいう感じになったんだろうなっていうのは僕もわかるので。

僕もあのときは必死だったんです。怖い思いもしましたし。だからKさんがお祓いのできる方を紹介できるって言ってくれて、救われた気分でした。でも、当然ですけどKさんからしたら、僕はたくさんの取材対象のなかの一人だったみたいで。

その話は本当なのか、注目されたくて嘘《うそ》を吐《つ》いてるんじゃないかとか、このままだと面白い話にならないから、この部分をこういう風に誇張して書いていいかとか色々言われました。なんだか自分の身に起こった怖いことがエンターテインメントとして捉えられているみたいで、当時はあまりいい気持ちはしなかったんです。


考えてみれば当然のことですけど、怖い話って、それが本当であれば、体験者にとっては不幸以外のなにものでもないんですよね。作り手側にいる人は、だんだん麻痺してしまう部分もあるのかな。

僕も当事者になって以降は、ホラー関連のコンテンツからはめっきり遠ざかってしまいましたね。

あっ、もちろん作り手側の人全員がそうだって言いたいわけじゃないですよ。現にあなたはこうやって僕の話に真剣に耳を傾けてくれてるわけですし。今の話は忘れていただいてけっこうですから。

そうそう。あの取材のあとの話ですね。

はい。Ｋさんから取材を受ける代わりに、霊能力者っていうんですか？　まあそういった方をご紹介いただきました。

僕はそういうのあまり詳しくないんですが、多摩《たま》のほうにある、その筋ではけっこう有名なお寺らしいですね。

僕が訪ねると、お坊さんが「ああ……」ってあきらめたみたいにつぶやいたのを憶えてます。

僕は必死でこれまでの経緯を説明しました。卒業研究をきっかけに変な女が僕の部屋に入ってきてしまったこと。これから就職のために引っ越しをするので、その女が次の家まで絶対についてこないようにしてほしいこととかです。

でも、そのお坊さんが言うには、その女は見えないそうなんです。少なくとももう僕には憑いていないだろうと。

ただ、恐らくその女がもっと厄介なものを呼び寄せてしまった。このままだと命の危険もあるって言うんですね。

僕はすぐに除霊してくださいって頼んだんですが、どうもそんな簡単なものじゃないらしいんです。

普通の霊だと、お祓いでおさまったりするそうなんですが、僕に憑いてるのは霊のなかでもひとつ上の次元なんだそうです。神道的な表現をするなら神に近い存在。

こういう類いのものは、人間の道理でどうこうできないらしくて、お祓いなんて全く効かないって言われました。もう私にはどうにもできないって。

そんなこと言われて、情けない話ですが僕は泣きながら、助けを求めました。

このままそれに殺されるのを待つしかないんですか？　って。

お坊さんもすごく困った顔をしてましたが、僕があまりにも必死でお願いするもんですから、ずいぶん長い間考えたあと、僕に言いました。

「生き物を飼いなさい。でもそれがよい方法なのかは私にはわからない。そのあとどうしていくかはあなたが決めなさい」

藁《わら》にもすがる思いで、僕は帰り道にペットショップへ行きました。

今までペットなんて飼ったことなかったので、初心者にオススメのペットを店員さんに相談して、メダカに決めたんです。

そのとき、店員さんに一緒に小さなエビも勧められました。ご存じですか？　ミナミヌマエビっていう種類のエビなんですけど、メダカと一緒に飼うと食べ残しを食べて水質を浄化してくれるから、共生相手としていいらしいんです。

結局僕は、メダカとその小さなエビを数匹ずつ、あとは小さな水槽やら砂利《じゃり》やらを買って帰りました。


それから数日後、学生マンションから単身者用の安アパートに引っ越しを済ませて、新社会人として働き始めました。もちろん、メダカたちも一緒に。

はい。何も起こりませんでした。お坊さんの言いつけを守ったから、メダカたちが悪いものから僕を守ってくれたんだと思っていました。


多分、働き始めて1か月ぐらい経った頃だったと思います。

変なものが見えるようになりました。男の子のようなものです。

街の中とか歩いてると、遠くにボーッと立ってるんです。でも、あれは生きている人間じゃないなってわかりました。半袖半ズボンの恰好をした、どこにでもいる小学生くらいの男の子なんですけど、なんだろう、誰もその男の子に気づいてないんですよね。存在を認識してないっていうか。見えているのは自分だけでした。

雑踏の真ん中に立ってるときもあれば、電柱の陰に立ってたり、あるときなんて、会社の窓から見える向かいのビルの屋上に立ってたりもしました。

ずっと僕のほうを見てるんです。全くの無表情で、首を傾げるみたいに顔を横に向けて。

はい。すごく怖かったです。今まで霊なんて見たことありませんでしたから。あの女も話で聞いただけで、直接見てはいませんし。もちろんお寺にも電話で相談しました。お坊さんが言うには、生き物を飼ってる限りは大丈夫だからって。そればっかりで。

でも、特に何かしてくるわけでもない。ただ遠い場所から僕をじっと見てるだけでした。だから、気づかないふりをすることにしたんです。

例の卒業研究で話を聞いた、霊感のある人が言ってた「気づいてないふりをするのが一番」っていうのを実践したんですよね。


ある晩、仕事を終えて家に帰ったときでした。

僕、いつも家に帰るとすぐに靴下を脱ぐんですが、そのときも靴下を脱いで洗濯機に投げ入れたあと、ワンルームに置いてある水槽の前を通ったんです。

足の裏に違和感があったので、下を見ると、濡れていました。しかも、水と一緒に何かを踏んでたんです。

よく見ると、それは一匹の小さなエビの死骸でした。

いや、死骸なのかな？　僕が踏んだから死んだのか、もともと死んでいたのかはわかりません。

床には大きな水たまりができていました。水槽の水位は半分ぐらいになっていて、残されたメダカとエビたちが窮屈そうに泳いでいました。

その日は特に地震があったわけでもありませんし、水槽から水が半分もこぼれる原因は全く思いあたりませんでした。

朝、家を出るときにたまたま服か何かを引っかけて、こぼれた水と一緒にそのエビが水槽の外に飛び出してしまったんじゃないかと考えました。

小さいとはいえ命ですから、とても申し訳なく思って、手を合わせました。

今考えるとあれが始まりだったんだと思います。

男の子はそれからも変わらず、いつも僕を遠くから見つめていました。

1か月後、今度はメダカが一匹死にました。

深夜、トイレに行こうと起きて、便座の前に立ったとき、便器の中に浮いているのを見つけたんです。

これは、もう偶然では片づけられないと思いました。

でも、メダカもエビもまだまだたくさん水槽にいました。


それから数か月は何も起きませんでした。男の子は相変わらず見えてはいましたが。

ある晩、夕飯を買おうと近くのコンビニに行った帰りです。

家までの道を歩いていたら、遠くにあの男の子が立っていました。

街灯の下、道の真ん中で首を傾げて。

いつも通り無視するつもりで、目を逸らそうとしたときでした。


突然走り始めたんです。

バタバタと足音を立てながらこっちに向かって真っすぐに。

顔は無表情でしたが、頭は走るのに合わせてグラグラと前後左右に傾いていました。

今思うとそれは、これまで首を傾げてたんじゃなくて、単純に首をまっすぐに保てなかったんだと思います。


僕は家に向かって無我夢中で逃げました。

近所だったので鍵をかけてなくて本当に幸運でした。

体当たりするみたいにドアを開けて、後ろ手に鍵をかけたのと同時でした。

ドンドンドンドンドンドンドンドンドンドンドンドンドンドン

狂ったみたいにドアが叩かれ始めたんです。

あの見た目からは想像もできないぐらいの力で。

安アパートの立て付けの悪いドアだったので、それはもうすごい揺れと音でした。

このままだと本当にドアを壊されるって思ったとき、急に音がやみました。

僕はしばらく玄関から動けませんでした。

何分も経ってから恐る恐るドアを薄く開けて外をのぞいたんですが、もうそこには何もいませんでした。

その代わり、僕が閉めたドアに挟まれて、大きなヤモリがつぶれて死んでいました。


部屋の水槽ではメダカもエビも元気に泳いでいました。


それから僕は、無理してペット可の物件に引っ越しをしました。

もちろん、ペットを飼うためです。

ハムスターを飼いました。

1年後、冬眠したきり目覚めませんでした。

その次はインコを飼いました。
3年近く生きましたが、窓に自分から激突して翼の骨を折って死にました。

それから結婚して、中古の一軒家を買いました。
去年、6年間飼っていた猫が突然血を吐いて死にました。
妻はとても悲しんでいました。

今は犬を飼っています。ゴールデンレトリーバーの子犬です。

男の子ですか？　はい。今も見えますよ。ほら、そこの窓から見える大通りの向こう側で。こっちを見てます。見えませんか？　そうですよね。はは。

某月刊誌　1998年5月号掲載

「新種UMA　ホワイトマンを発見！」

「知り合いに、UMA《ユーマ》を見た人がいます」

そんな小誌ライターからのタレコミが発端となり、編集部はUMAの目撃者であるH氏とコンタクトを取ることになった。


待ち合わせ場所に現れたH氏はごく普通の男性といった出で立ちで、逆にそれが本件に関しての情報の信憑性《しんぴょうせい》の高さを担保していた。

日頃編集部には多くのタレコミが寄せられるが、その分ガセ情報もかなりの量になる。なかには自らが宇宙人であるといった内容のものまであり、入稿後の徹夜明けにそういったお便りを目にすると読んでいる自分がアッチ側に行ってしまうような気になるものだ（もちろん、編集部は宇宙人及びUFOの存在を否定していないので、その点についてはご理解いただきたい）。

そんななかで少なくとも風貌は一般人のH氏を見て、とりあえず第一関門は突破したと編集部員である筆者は一安心した。


聞けばH氏は鳥取県在住の35歳、大手企業に勤めるサラリーマンだという。少なくとも宇宙とのつながりはなさそうだ。

そんな彼は6年前に家族で行ったキャンプで、UMAを目撃したのだという。

小誌読者諸兄においては、UMAについて改めて解説する必要は全くないとは思うが、初めて小誌を手に取られたモノ好き（失礼！）な方のために今一度基礎情報をおさらいしておきたい。

ＵＭＡ（ユーマ）とはUnidentified Mysterious Animalの略称であり、日本語訳すると未確認動物・生物となる。その名の通り、実在が証明されていない生物を表す総称だ。

英語が用いられていることから、外国由来の名称だと思われがちだが、実はこの名称は日本で生まれたいわゆる和製英語だ。皆さんもご存じＵＦＯがUnidentified Flying Object（未確認飛行物体）の略称であることをヒントに１９７６年、国内の某有名ＳＦ専門誌が名づけたのが始まりである。ちなみに、英語ではCryptid（クリプティッド）と呼ばれる。

ＵＭＡのなかでも、特に有名なのはネス湖のネッシーだろう。日本でも70年代頃にマスコミを騒がせ、池田湖のイッシーなどの多くの亜種を生み出した。ただ、残念なことに、ネッシーに関しては後にその写真を撮影したとされる人物が捏造を認めるなど、信憑性にいささかの疑問が残る。

その他、ＵＭＡの代表的なものとしては、大型の類人猿のようなビッグフット、人魚（セイレーン）、数年前に小誌でも特集記事として取り上げた空中を高速で飛ぶ魚、スカイフィッシュなどがあげられる。広義では宇宙人もＵＭＡに含まれる。

ここで、日本固有のＵＭＡに目を向けたい。実は日本でＵＭＡと称されているものはあまり多くない。代表的なものはツチノコ、カッパ、某釣り漫画で有名になった巨大魚、タキタロウなどがあげられるが、その他は日本人でも耳なじみのないものが多い。

ＵＭＡと呼ばれるものが日本に少ない理由として、妖怪の存在があげられる。

河童とは何かと問われたとき、妖怪だと答える人は多いだろう。一反木綿《いったんもめん》やひとつ目小僧、10年ほど前に全国で有名になった人面犬も同様だ。

ただ、これらは実際にそれを見たという人間がいる以上は未確認動物・生物であるＵＭＡとも呼べる。

謎の存在を妖怪という古くからの一般的なカテゴリ名で呼んでいることが日本にＵＭＡが少ない理由だといえる。

日本における未確認動物・生物がＵＭＡか妖怪かという議論は、広末《ひろすえ》涼子《りょうこ》が女優かアイドルかという議論と同じくらい不毛である。

河童が自分のことをＵＭＡと呼ぶか、妖怪と呼ぶかを気にするわけはあるまい。我々マスコミがどのように紹介するかによって自然と定義づけされるのだ。そう考えるとマスコミというのはなかなか罪な商売だ。

オカルト・ホラー雑誌を標榜する小誌としては本件の未確認動物・生物をどのように呼称するかは実に悩ましいところだが、本稿では敢えてＵＭＡと紹介することで、世にその名称を広めていきたいと考えている。

前置きがいささか長くなり過ぎた感があるが、いよいよＨ氏が目撃したＵＭＡについて紹介したい。

H氏がそのUMAを目撃したのは、1992年の秋、場所は●●●●●にあるキャンプ場だ。

H氏は鳥取からはるばるそのキャンプ場へ、1泊のキャンプ旅行に出かけたそうだ。

1985年、キャンプブーム前夜にオープンしたそのオートキャンプ場は、ダムが近い山のふもとに位置し、軽いハイキングなども楽しめることから当初は流行に目ざとい若者を中心に平日も満員になるほどの盛況ぶりだったようだ。

H氏がそのキャンプ場を訪れたのはキャンプブームの真っただ中。元来流行《はや》りもの好きだったH氏は家族で楽しめるキャンプには早くから目をつけており、テントなどのグッズを一式買いそろえ、その年もすでに別の場所で何度かキャンプを楽しんでいたらしい。


そんな時世にもかかわらず、H氏一家がそのキャンプ場を訪れた休日、他に客はいなかった。それほど立地も悪くないのにである。

三十路を過ぎて独身、友人もおらず日々オカルトと向き合う筆者には到底想像できないが、キャンプ場において客が少ないということは良いことなのだという。近年、若者による深夜のどんちゃん騒ぎで他の家族連れの利用客が迷惑を被る事態が多発しているからだそうだ。

これ幸いとばかりにH氏は妻であるYさんと子どものMちゃん（当時6歳の男の子）とテントを張ったり、たき火を熾《おこ》したり、一家だけのひと時を楽しんだ。

どうやらUMAにも女のカンというものは働くらしい。Yさんが最初に異変を察知した。頭痛がするというのだ。また、しきりに遠くのほうを気にしている。H氏が訳を聞くと「遠くから視線を感じる」と言って、ダムを挟んだ向かいの山を指さした。

続いて、かけていたラジオがおかしくなった。電波は入っているのだが、時折、放送に交じって男の声らしきものが聞こえるのだ。

H氏はそれがうめき声に聞こえたという。だが、Mちゃんいわく、それは「おーい」と聞こえるのだそうだ。そう言われるとそう聞こえないこともない。聞き取りづらくはあるが、確かにその声は聞こえていたという。

まだおかしなことは続いた。夕飯時になり、一家は協力してカレーを作った。Mちゃんもおっかなびっくりではあるが、野菜を切ったり、ご飯を炊いたりと楽しいひと時だった。だが、できあがったカレーの味がしなかったというのだ。自分の味覚がおかしくなったのかと思ったH氏が家族に確認したところ、皆同様に味がしなかったそうである。市販の固形ルーとはいえ、スパイスを使った料理で辛味も含めた味がしないというのは考えにくい。

そんななか、Mちゃんが鼻血を出した。鼻血はなかなか止まらず、その原因も不明だった。

この時点で、日頃から小誌に毒された読者諸兄なら、宇宙人説を唱えたくなるだろう。

ラジオ電波への干渉や、頭痛・鼻血などは磁場が狂っていることにより引き起こされたもの。つまりは磁気を動力とするUFOによる影響であると考えられるからだ。

ただし、編集部としてはこの説を否定したい。決して編集部がUFO情報に食傷気味だからという理由ではない。

まず第一に、UFOの目撃証言が近辺で全くない。日本では「甲府事件」に代表されるように、UFOは同じ場所で複数回目撃される事例が多い。一説では磁場の影響で飛来しやすい場所が決まっていると言われている。これがUFOによるものであった場合、現在に至るまで一度もUFOの目撃証言がないことは不自然だ。

第二に、UFOの着陸場所に向かない。UFOの着陸場所として代表的なものは牧場や畑などの広大な平地だろう。だが、本件でH氏が訪れたキャンプ場は山のふもとにあり、周辺も背の高い木が生い茂る山とダムしかなく、平地がほとんどない。目的が着陸ではなく、人間の誘拐だとしても木の下にいる人間を見つけ出すのは容易ではないだろう。

また、後述するがこのUMAは非常に大型であることが推測される。これが宇宙人だと仮定すると、その巨体がおさまるサイズの大きなUFOに搭乗していたと思われる。そうなるとなおさら目撃証言が少ないことが不自然であるし、広大な平地がない山中にUFOが飛来したとは考えづらい。

H氏の目撃談に戻りたい。

前述した奇妙なことの連続に興が削がれたH氏一家はその日、早々にテントで床についたという。

翌朝、目を覚まして手洗い場で歯を磨いているとYさんに声をかけられた。

一晩中、テントの外で声が聞こえていたというのである。

鈴虫の大合唱に交じってかすかに、だが確かに男の声で「おーい」と聞こえ続けていたそうだ。ただ、その声が相当遠くから聞こえていると感じたYさんは、あえてH氏を起こすこともしなかったという。

前日から続く、ダムを挟んだ向かいの山からの視線もあり、Yさんはかなりおびえているようだった。

とはいえ、H氏はそれほど深刻にことを捉えていなかった。せっかく鳥取からはるばる来たのだからと、その日はMちゃんと虫取りをしたり、ダムの周りを散歩したりして過ごした。Yさんはその間、頭痛がひどいと言ってテントにこもっていたという。


夕方になり、帰り支度を済ませて皆でテントを車に積み込んでいたとき、H氏はキャンプ場の近くに展望台の案内板があったことを思い出した。最後に見晴らしのいい場所で記念撮影をしようと家族でその展望台へ行くことにしたそうだ。

階段をしばらく上るとすぐに頂上に到着する木組みの展望台は、キャンプ場よりもずいぶん前に建てられたもののようだった。

ひとしきり夕暮れに染まる景色を眺めてインスタントカメラで写真を撮ろうとしたとき、Mちゃんが「あっ」と叫んで遠くを指さした。

指のさす先は、ダムを挟んだ向かいの山だった。距離にして500mほど離れたその山の中腹、木々の間から白いものが見えていたという。それは、ひらひらと動いており、白い布が木に引っかかって風になびいているように見えた。

その展望台には錆びの浮いた双眼鏡が設置されていた。10円を入れるとレンズが開いて景色が見られるものだ。

Mちゃんがしきりにせがむので10円を入れ、双眼鏡の高さまで抱き上げた。Mちゃんは白いものの正体を探るためにレンズのピントをいじり始めた。

しばらく双眼鏡を興味津々でのぞいていたMちゃんだったが、突然ワッと泣き始めた。なにごとかと驚いたH氏は泣きじゃくるMちゃんをYさんに任せ、その双眼鏡で自身もそれを見たのだという。


それはとても大きな手に見えた。木々の切れ間からその手の主と思える白い大きな身体も見えた。裸のようだったという。恐らく数メートルの大きさがあるだろうと感じた。

その手が、こちらに向かって「おいでおいで」をするようにゆっくりと動いていたのである。双眼鏡から目を離すと、YさんとMちゃんが心配そうにこちらを見つめていた。と、同時にH氏は気づいた。今までうるさいぐらいに聞こえていた虫の鳴き声が全く聞こえなくなっていたのだ。

この異様な状況と、今見たものが信じられず、H氏は恐る恐るもう一度双眼鏡をのぞいた。手が真っすぐこちらを指さしていたそうだ。

どれくらいそれを見ていたのかは定かではないが、H氏はその手から目を離せなかったという。しばらくして我に返ったH氏が双眼鏡から目を離したとき、YさんとMちゃんの姿がなかった。慌てて展望台の階段を駆け下りると、二人は手をつないで駐車場とは逆の方向に向かってふらふらと歩いていた。

Yさんにどこに行くのかと聞いても、笑いながら「行きましょう」とうわごとのように繰り返すばかりである。

H氏は無理やり二人を車に乗せてその地をあとにしたという。車に乗ってしばらくすると二人は我に返ったようだったが、展望台でのことは全く覚えていなかったそうだ。

以上がH氏の目撃談である。その詳細な内容にH氏の証言に嘘《うそ》はないと編集部は判断した。現状、ここまで大きな白い人型の動物は日本には存在しない。まさか巨体の変態男の仕業《しわざ》でもないだろう。また、これと似たUMAの目撃談もない。唯一似ていると思われるのは海外のビッグフットだが、日本では「異獣《いじゅう》」という妖怪として知られており、その姿は本件で目撃されたものとは異なる。よって、編集部はこれを新種のUMAであると確信し、このUMAを「ホワイトマン」と名づけた。

声や動きが人を真似ているのは、ある程度の知能があるか動物的な本能によるものと思われる。海外の人魚は歌声で船乗りを魅了するというし、日本の河童も赤ん坊の泣き声を真似て人をおびき寄せる。ホワイトマンにもそういった類いの力があるのだろうか。
また、同じく人魚と河童がそうであるように、人間の命を狙う（生気を奪う）目的があるのかもしれない。

編集部ではお財布事情と相談しつつ実地調査も視野にいれながら引き続きホワイトマンの情報を集めていく。調査の継続は小誌の売上にかかっている。読者諸兄におかれては引き続き小誌の購読を強くオススメする！

H氏の証言をもとに作成したイラスト。白くて大きなナニカがこちらを指さしている！

読者からの手紙　2

ワタシは前からなんべんもいっている、だ目です。ひじょうにあくらつで傲慢なあなたたち
前の隣人もオッシャッテいた　有害だ
電子レンジだってあぶないのはご存知でしょう。ね
己はこうしてズットズットまへから受信しているといふのにあなたがたは全くきくみみをもちませんね
デンキにしてとばしているまえに　　といふのにそれを受けとろうともしない、のは罪業がきわまる
じめんのもっとしたの子たちはないている　えんえーんと　カワいそう、
それなのにあいつらは知らないかおで　まぐろのようにこの世をおよいでいた
アレらはひと、のかわをかぶっているにたにたとわらって　それは聖人のまねです?
ひとのまね、をしてナカミはとうのむかしになくしてしまったといふの　　に
きのうも西からひびくおとがうるさく　　耳　をかしましいのはサルのなきごえかと思ふ　●●●
●●
集団でみはる、ことしか　できないといふのに!!!!
いつも子はかわいいものデスね、そうしないといけませんから。ごぞんじでしょう
きのうはでんたくの音が9でおしまいでした　アサっては十をおせるかもしれません
それホドひろがっています
悪魔を殺さないと　せんせいもさういっています

アキラはあくまのことといいます　あのヲンナが生んだ　股からではない　鬼がいたか、ら力を持っ
てイタばかりに　あーカワいそう
とほいところ。から電気こうげきでみなをクルシめる　あ、くるひあなたがたがさうやってべらべ
らとひろげてもうオワリ
そらをわたるとり、のうつくしさ　なん　ということ！でんちではむりでしょうに
たべものにも毒は、はいって。いるのですよ
おヤマに　あんなもの神なんてはずかし。い　痴れ者です　。あれも力を持ってイタからまがい
ものに
よろしければ　柿などまどわされる
悪しきは　鬼

※封筒の表書きに「○○○○ノ作者たちへ」との宛書きあり
社屋ポストへ直接投函によるものと思われる
送り主、日付などは記載がないため不明

ネット収集情報　3

【[神スレまとめ] 最恐と名高い『お札屋敷凸』スレとは？　より】

2011年1月15日、ネット掲示板に『【心霊スポット】今から近畿の心霊スポ凸実況してみる』というスレッドが立てられました。

関西在住というスレッド主（関西軍曹）は、凸（突撃）する目的地を安価（指定した書き込み番号の指示に従う）で募集。

指定された●●●●●の「お札屋敷」と呼ばれる場所へ向かうことになりますが……。

以下がスレッドまとめです。

＊＊＊＊＊＊

【心霊スポット】今から近畿の心霊スポ凸実況してみる

1：**関西軍曹**：2011/01/15(土) 01:32:24
ID:H7cKvHk1c
暇だから近畿の心霊スポット凸してみたいんだけどどこがいいかな？
関西住み車ありの男
同行者も募集

2：名無しさん：2011/01/15(土) 01:37:01
ID:fJf96cCp4
行きたいけど東京なの。。。

3：名無しさん：2011/01/15(土) 01:40:10
ID:gBbp5D2vd
犬鳴峠行け

4：名無しさん：2011/01/15(土) 01:42:21
ID:c2rY89bq8
やっぱ摩耶観だろ

7：名無しさん：2011/01/15(土) 01:42:58
ID:4yjyf8jlc
おれの家近所で心霊スポットって呼ばれてる

9：**関西軍曹**：2011/01/15(土) 01:50:09
ID:H7cKvHk1c
安価で決めるわ
>>15

10：名無しさん：2011/01/15(土) 01:51:02
ID:Pxrbnij3U
地元に心霊スポットある

12：名無しさん：2011/01/15(土) 01:52:34
ID:nHp7s7K3u
年明けから暇なんだな

15：名無しさん：2011/01/15(土) 01:54:52
ID:Aylg8wLma
●●●●●のお札屋敷

18：名無しさん：2011/01/15(土) 01:55:02
ID:fJf96cCp4
>>15
どこそれ？

22：名無しさん：2011/01/15(土) 02:01:39
ID:gBbp5D2vd
>>18
ここじゃね？

39：名無しさん：2011/01/15(土) 02:40:01
ID:nHp7s7K3u
この時期寒いからあったかいかっこうしてけよ

51：名無しさん：2011/01/15(土) 05:48:39
ID:fJf96cCp4
もう朝だけど誰も集まらなかったら行かない感じなの？
凸楽しみにしてるんだけど

60：名無しさん：2011/01/15(土) 07:33:19
ID:gBbp5D2vd
軍曹死んだ？

71：**関西軍曹**：2011/01/15(土) 09:12:58
ID:H7cKvHk1c
すまんちょっと寝落ちしてた
誰も一緒に行かなさそうだから単騎で凸するわ
写真もアップする
今から出発予定

72：名無しさん：2011/01/15(土) 09:29:13
ID:fJf96cCp4
待ってました軍曹！

73：名無しさん：2011/01/15(土) 09:40:39
ID:gBbp5D2vd
朝から心霊スポット凸とはなかなかに乙だな

75：**関西軍曹**：2011/01/15(土) 09:51:27
ID:H7cKvHk1c
あんまり廃墟とか行ったことないけど準備なにいるかな？

※リンク切れURL※

24：名無しさん：2011/01/15(土) 02:04:28
ID:nHp7s7K3u
なんか昔ネットで見たな
家の中にびっしりお札はってるとこだろ

25：名無しさん：2011/01/15(土) 02:06:31
ID:vp6q6E2nc
友達がこの近く出身だわ
昔ヤバい女が住んでただけのただの廃墟らしいよ

26：名無しさん：2011/01/15(土) 02:10:25
ID:gBbp5D2vd
結局関西軍曹は行くんか？

34：**関西軍曹**：2011/01/15(土) 02:33:16
ID:H7cKvHk1c
遅くなってすまんコンビニ行ってた
お札屋敷了解
ここなら車で2時間もあれば行けそう
他に同行者はおらんか？
関西圏なら迎えに行くぞ

35：名無しさん：2011/01/15(土) 02:35:24
ID:4yjyf8jlc
行きます！
うそです！

36：**関西軍曹**：2011/01/15(土) 02:36:45
ID:H7cKvHk1c
>>35
裏切りの速さよwww

126：**関西軍曹**：2011/01/15(土) 12:52:05
ID:H7cKvHk1c
外観
見れる？
※リンク切れURL※

127：名無しさん：2011/01/15(土) 12:52:59
ID:gBbp5D2vd
案外普通の一軒屋だな

128：名無しさん：2011/01/15(土) 12:53:04
ID:niH225uJb
妖気を感じる…

129：名無しさん：2011/01/15(土) 12:53:44
ID:k8S24pg6z
もっと人里離れたとこにあるんだと思ってた

130：名無しさん：2011/01/15(土) 12:54:09
ID:fJf96cCp4
庭の草ぼーぼーだね

133：名無しさん：2011/01/15(土) 12:54:29
ID:46bqFp2m9
どうやって中入んの？

135：**関西軍曹**：2011/01/15(土) 12:55:24
ID:H7cKvHk1c
玄関封鎖されてるからどっか入れないか家の周り
見てみる

139：名無しさん：2011/01/15(土) 12:56:12
ID:rTugUkYv3
不法侵入通報しました(^Д^)

76：名無しさん：2011/01/15(土) 09:54:33
ID:nHp7s7K3u
軍手と懐中電灯とやる気

78：**関西軍曹**：2011/01/15(土) 09:55:43
ID:H7cKvHk1c
>>76
おけ
懐中電灯は家にないから途中で買ってく
今から車運転するからしばらく落ちます

79：名無しさん：2011/01/15(土) 09:56:59
ID:gBbp5D2vd
保守はまかせな

80：名無しさん：2011/01/15(土) 10:11:01
ID:4dukJE2cm
安全運転でよろ

120：**関西軍曹**：2011/01/15(土) 12:38:19
ID:H7cKvHk1c
着いた

121：名無しさん：2011/01/15(土) 12:45:20
ID:nHp7s7K3u
けっこう早かったな

122：名無しさん：2011/01/15(土) 12:47:49
ID:fJf96cCp4
運転おつかれー

123：名無しさん：2011/01/15(土) 12:48:01
ID:gBbp5D2vd
写真うpよろ

おれが家の周りウロウロしてたらばあさんがこっち見てきたから、先に話しかけたんだよ。
俺「大学の課題でこの辺りの土地調べてるんですけど、この家って廃墟なんですか？」
ばあ「そうや」
俺「どれぐらいの間？」
ばあ「10年近いんとちゃうか」
俺「なんか知ってたら教えてもらえますか？」
ばあ「ええけど、あんた忍び込んだりしたらあかんよ。肝試しとかいうてしょっちゅう若い子が来よるんやわ。迷惑してるんよ。最近はあんまり見いひんけど」
俺「話聞かせてくれたら帰りますから」
ばあ「ここらへんじゃ有名な話やけどな。ここ、昔奥さんと子どもが住んではってん。旦那さんはおらんかったみたいやけど。奥さん、近所で会ったら挨拶もする愛想のええ人やったんやけどな、お子さんが亡くなりはったんよ。かわいそうに。自殺やったみたい。あのときはいじめが原因や言うてよぉマスコミが玄関の前でウロウロしとったわ。週刊誌とかワイドショーでもあることないこと報道されたみたい。ほんで奥さん、おかしなってしもたみたいで。まあ、お子さんのことがある前から、ちょっと変わったとこのある人やったみたいやけどな。けったいなこと言うようになって、しばらくしてこの家で自殺しはってん。かわいそうな人やわ。お子さんのことほんまにめちゃくちゃかわいがってはったから、病んでしもたんやろなあ」

194：名無しさん：2011/01/15(土) 13:34:28
ID:Pxrbnij3U
ネット民らしからぬコミュニケーション能力を有する軍曹

140：名無しさん：2011/01/15(土) 12:56:58
ID:gBbp5D2vd
>>139
やめとけ
俺らの楽しみが減る

142：**関西軍曹**：2011/01/15(土) 12:58:03
ID:H7cKvHk1c
なんかばあさんがやたらこっち見てくる
怪しまれてるっぽい

143：名無しさん：2011/01/15(土) 12:58:40
ID:Pxrbnij3U
もはや捕まりかけてんじゃんwww

162：名無しさん：2011/01/15(土) 13:10:23
ID:7oZdFjgsv
軍曹続きはよー

165：名無しさん：2011/01/15(土) 13:12:01
ID:fJf96cCp4
まだー？

168：**関西軍曹**：2011/01/15(土) 13:13:08
ID:H7cKvHk1c
ばあさんと話してた
携帯だから打つの遅いけど内容まとめるわ

169：名無しさん：2011/01/15(土) 13:13:45
ID:gBbp5D2vd
おっ！ゆっくりでいいから報告ヨロ

193：**関西軍曹**：2011/01/15(土) 13:32:58
ID:H7cKvHk1c

ドア壊しチャイナ

215：**関西軍曹**：2011/01/15(土) 13:46:18
ID:H7cKvHk1c
窓が割られててそこから入れた
ほこりっぽい
あとめっちゃ散らかってる

216：名無しさん：2011/01/15(土) 13:47:04
ID:gBbp5D2vd
写真はよ

217：名無しさん：2011/01/15(土) 13:47:09
ID:5tBqe2fQ6
写真希望

218：名無しさん：2011/01/15(土) 13:48:12
ID:fJf96cCp4
wktk

222：**関西軍曹**：2011/01/15(土) 13:51:25
ID:H7cKvHk1c
リビングっぽいとこ
薄暗いから見えにくいかも
※リンク切れURL※

223：名無しさん：2011/01/15(土) 13:52:28
ID:icgCxssO8
けっこう色々残されてんのな

224：名無しさん：2011/01/15(土) 13:52:58
ID:fJf96cCp4
お札なくない？

195：名無しさん：2011/01/15(土) 13:34:33
ID:q55ePRm52
なかなかいい展開

196：名無しさん：2011/01/15(土) 13:35:16
ID:3trifSqnv
さすがのマスゴミですね

197：名無しさん：2011/01/15(土) 13:36:09
ID:gBbp5D2vd
ここまで来て帰るとかねえよなあ？

205：**関西軍曹**：2011/01/15(土) 13:39:47
ID:H7cKvHk1c
>>197
帰らんよ
ばあさんどっか行ったから庭に侵入して入れるところないか探してる

206：名無しさん：2011/01/15(土) 13:40:29
ID:fJf96cCp4
さすがの軍曹

207：名無しさん：2011/01/15(土) 13:41:18
ID:gBbp5D2vd
どうせ馬鹿がたくさん肝試しに来てるんだからどこかしら入る場所あるよ

208：名無しさん：2011/01/15(土) 13:42:09
ID:Aylg8wLma
窓

209：名無しさん：2011/01/15(土) 13:43:01
ID:3trifSqnv

225：名無しさん：2011/01/15(土) 13:53:17
ID:gBbp5D2vd
お札は？

226：名無しさん：2011/01/15(土) 13:53:56
ID:nHp7s7K3u
散らかってるっていうか、荒らされてる感じだな

227：名無しさん：2011/01/15(土) 13:54:19
ID:fJf96cCp4
自殺のあった家って思うとけっこう迫力あるね

228：**関西軍曹**：2011/01/15(土) 13:55:04
ID:H7cKvHk1c
お札は全然ない
でもなんかこういう系の本とかCDとかいっぱいある
※リンク切れURL※

229：名無しさん：2011/01/15(土) 13:55:12
ID:5tBqe2fQ6
あっ…

231：名無しさん：2011/01/15(土) 13:55:43
ID:e9wcjVsbu
これはキテますねえ

234：名無しさん：2011/01/15(土) 13:56:01
ID:gBbp5D2vd
なんだただの電波か

235：名無しさん：2011/01/15(土) 13:56:34
ID:fJf96cCp4
スピ系奥さまだったってこと？

236：名無しさん：2011/01/15(土) 13:56:57
ID:apV7ghO3m
そりゃあ子どももいじめられるわ

240：名無しさん：2011/01/15(土) 13:59:46
ID:nHp7s7K3u
真面目な話、宇宙のパワーがどうのこうのみたいなスピリチュアル系でも信じる力が強いと残留思念が残りやすいから、死んだ場所で霊障は起きやすいぞ

241：名無しさん：2011/01/15(土) 14:01:21
ID:4yjyf8jlc
>>240
自称退魔師さんきゅー

242：名無しさん：2011/01/15(土) 14:02:25
ID:gBbp5D2vd
お札はガセか？

243：名無しさん：2011/01/15(土) 14:02:48
ID:AyIg8wLma
和室

245：**関西軍曹**：2011/01/15(土) 14:03:56
ID:H7cKvHk1c
なんか聞こえた

246：名無しさん：2011/01/15(土) 14:04:49
ID:8fdqKw5mx
えっ

247：名無しさん：2011/01/15(土) 14:04:59
ID:fJf96cCp4

ID:H7cKvHk1c
今も下の階から一定間隔でドンッドンッって音響いてる
とりあえず2階の探索進めます

259：名無しさん：2011/01/15(土) 14:11:11
ID:9673gaMsj
軍曹メンタル強すぎwww

260：名無しさん：2011/01/15(土) 14:11:48
ID:tmXuQd2dt
逃げたほうがよくない？

262：**関西軍曹**：2011/01/15(土) 14:13:24
ID:H7cKvHk1c
ここは子ども部屋っぽい
※リンク切れURL※

263：名無しさん：2011/01/15(土) 14:14:29
ID:gt4ohe95T
うわあ…自殺した子の部屋か

264：名無しさん：2011/01/15(土) 14:15:39
ID:gBbp5D2vd
このクマのぬいぐるみ実家にあったわ

267：名無しさん：2011/01/15(土) 14:15:48
ID:AyIg8wLma
机の引き出し

268：名無しさん：2011/01/15(土) 14:16:12
ID:fJf96cCp4
小学生くらいかな？

((((；ﾟДﾟ))))ｶﾞｸｶﾞｸﾌﾞﾙﾌﾞﾙ

248：名無しさん：2011/01/15(土) 14:05:18
ID:8a29Mbdxi
逃げろ！

249：名無しさん：2011/01/15(土) 14:05:22
ID:gBbp5D2vd
警察？

250：名無しさん：2011/01/15(土) 14:05:30
ID:8fdqKw5mx
大丈夫？

251：名無しさん：2011/01/15(土) 14:06:03
ID:4yjyf8jlc
軍曹…いいやつだったよ…

255：**関西軍曹**：2011/01/15(土) 14:08:37
ID:H7cKvHk1c
今2階に避難中
リビング漁ってたら、壁越しにドンって音聞こえた

256：名無しさん：2011/01/15(土) 14:09:26
ID:s9sdW2boy
廃墟は893が管理してる場合があるから無茶しないほうがいいよ

257：名無しさん：2011/01/15(土) 14:10:05
ID:fJf96cCp4
軍曹！恐れずにその部屋へ凸してくださいな！

258：**関西軍曹**：2011/01/15(土) 14:10:37

269：**関西軍曹**：2011/01/15(土) 14:16:40
ID:H7cKvHk1c
机の中に写真入ってた
※リンク切れURL※

270：名無しさん：2011/01/15(土) 14:17:29
ID:6g79GpH4W
うわあああああああああああああああ

271：名無しさん：2011/01/15(土) 14:17:52
ID:gBbp5D2vd
これ死んだ子？

272：名無しさん：2011/01/15(土) 14:18:29
ID:fJf96cCp4
なんか怖い

273：名無しさん：2011/01/15(土) 14:18:40
ID:nHp7s7K3u
マジでやめとけ。ヤバすぎる

274：名無しさん：2011/01/15(土) 14:18:51
ID:k63mPvfqw
怖すぎる

275：名無しさん：2011/01/15(土) 14:19:04
ID:t64dkyMnk
なんで自殺した子の写真が自殺した子の机に入ってんの

276：**関西軍曹**：2011/01/15(土) 14:19:55
ID:H7cKvHk1c
他にはなんにもなさそう
音やんだし下の階降りてみようかな

277：名無しさん：2011/01/15(土) 14:21:01
ID:pg3bZhYtu
もう出たほうがいいのでは？

278：名無しさん：2011/01/15(土) 14:21:38
ID:gBbp5D2vd
ここまで来たら全部見ようぜ軍曹

283：**関西軍曹**：2011/01/15(土) 14:23:32
ID:H7cKvHk1c
多分音がしてた和室に来た
※リンク切れURL※

284：名無しさん：2011/01/15(土) 14:24:20
ID:fJf96cCp4
なんで真ん中の畳シミがあんの…

285：名無しさん：2011/01/15(土) 14:24:58
ID:gBbp5D2vd
絶対この部屋で死んでるだろ

289：名無しさん：2011/01/15(土) 14:25:38
ID:nHp7s7K3u
この部屋が一番やばい

290：名無しさん：2011/01/15(土) 14:25:44
ID:pg3bZhYtu
左奥にあるスペースなに？

291：名無しさん：2011/01/15(土) 14:26:50
ID:nHp7s7K3u
今すぐこの家から出たほうがいい

293：名無しさん：2011/01/15(土) 14:27:05

305：名無しさん：2011/01/15(土) 14:31:55
ID:DtDzw3z49
もうお腹いっぱいでふ

306：名無しさん：2011/01/15(土) 14:32:17
ID:b3m8P28v9
で、お札は？

307：**関西軍曹**：2011/01/15(土) 14:33:19
ID:H7cKvHk1c
>>302
できるかわからんけど持ち上げてみる
軍手あってよかったわ

>>306
お札全然ないわ
でも、柱とかになんか剝がした跡あるからもしかしたら昔は貼ってあったのかも

308：名無しさん：2011/01/15(土) 14:33:51
ID:nHp7s7K3u
もうマジでやめとけって

316：**関西軍曹**：2011/01/15(土) 14:36:52
ID:H7cKvHk1c
なにこれ
※リンク切れURL※

317：名無しさん：2011/01/15(土) 14:37:48
ID:ss9pHX797
えっ

318：名無しさん：2011/01/15(土) 14:37:58
ID:gBbp5D2vd
ID:4yjyf8jlc
軍曹、恐怖感情が死んでる説

295：**関西軍曹**：2011/01/15(土) 14:27:10
ID:H7cKvHk1c
>>290
和室だし多分仏壇置くとこじゃないかな？
何もないけど

>>293
ここで帰ったらお前らが納得しないやろ

296：名無しさん：2011/01/15(土) 14:27:56
ID:u4J2iskNr
軍曹…お前って漢は

297：名無しさん：2011/01/15(土) 14:28:09
ID:Aylg8wLma
畳の下

299：**関西軍曹**：2011/01/15(土) 14:29:00
ID:H7cKvHk1c
>>297
そうそうこの真ん中の畳だけちょっと浮いてるんや
何かな？

301：名無しさん：2011/01/15(土) 14:29:31
ID:fJf96cCp4
確かに浮いてるね

302：名無しさん：2011/01/15(土) 14:29:55
ID:gBbp5D2vd
これは持ち上げるしかないっしょ

岩？この大きさだとでかい石か

319：名無しさん：2011/01/15(土) 14:38:17
ID:fgso4pgV6
しめ縄みたいなの巻いてあるね
なにかを祀ってる？

320：名無しさん：2011/01/15(土) 14:38:26
ID:BeVis3d9h
あとから置いたのかな

321：名無しさん：2011/01/15(土) 14:38:51
ID:fJf96cCp4
奥さんはスピリチュアル系じゃなかったの？

323：名無しさん：2011/01/15(土) 14:39:03
ID:NPeHwjda4
謎すぎる…怖すぎる…

324：名無しさん：2011/01/15(土) 14:39:09
ID:nHp7s7K3u
すぐに逃げろ

325：名無しさん：2011/01/15(土) 14:39:16
ID:AyIg8wLma
ありがとうございました

326：名無しさん：2011/01/15(土) 14:40:21
ID:ss9pHX797
軍曹なんかよくないものみつけちゃったんじゃない
の

327：**関西軍曹**：2011/01/15(土) 14:40:27
ID:H7cKvHk1c
やばいかも

328：名無しさん：2011/01/15(土) 14:40:54
ID:m9iV66g6Z
どうした！？

329：名無しさん：2011/01/15(土) 14:40:56
ID:gBbp5D2vd
軍曹どうした

330：名無しさん：2011/01/15(土) 14:41:12
ID:nHp7s7K3u
無事か？

360：名無しさん：2011/01/15(土) 15:05:51
ID:fJf96cCp4
軍曹～大丈夫ですか～？

391：名無しさん：2011/01/15(土) 15:51:19
ID:ss9pHX797
これだけ時間経って音信不通ってことはもう…

400：名無しさん：2011/01/15(土) 16:02:44
ID:ai4JjEzsg
釣り宣言まってまーす

405：名無しさん：2011/01/15(土) 16:10:01
ID:nHp7s7K3u
頼む…釣りだと言ってくれ…

408：名無しさん：2011/01/15(土) 16:14:22
ID:fJf96cCp4
どなたか現場近い方捜索隊組んでください！

※リンク切れURL※

453：名無しさん：2011/01/15(土) 19:29:11
ID:fJf96cCp4
軍曹だ！
これなに？

454：名無しさん：2011/01/15(土) 19:32:59
ID:utv7Nm6Ju
軍曹無事だったのか！

455：名無しさん：2011/01/15(土) 19:34:03
ID:gBbp5D2vd
なんだよ釣りかよ

456：名無しさん：2011/01/15(土) 19:34:17
ID:ss9pHX797
無事で何よりだけど、これなんの絵？
もしかしてお札？

457：名無しさん：2011/01/15(土) 19:36:59
ID:5eiCbzfkm
なんか気持ち悪い絵

458：名無しさん：2011/01/15(土) 19:38:22
ID:hHAx8jbj6
軍曹これなに～？

459：名無しさん：2011/01/15(土) 19:39:17
ID:hmCarmzd8
こんなお札見たことない

460：名無しさん：2011/01/15(土) 19:40:58
ID:4irA42jzo

410：名無しさん：2011/01/15(土) 16:17:15
ID:cxjbz6cDa
警察通報したほうがよくない？

412：名無しさん：2011/01/15(土) 16:19:22
ID:gBbp5D2vd
>>410
不法侵入してるし
釣りかもだし

430：名無しさん：2011/01/15(土) 17:01:03
ID:gBbp5D2vd
これ軍曹帰ってこないやつ？

431：名無しさん：2011/01/15(土) 17:05:38
ID:nHp7s7K3u
今スレ見返してたんだけど、このAylg8wLmaってやつなんかおかしくないか？
凸先指定したのもこいつだし、なぜか侵入場所知ってるし、ヤバいものがある場所も軍曹が見つけるよりも前に書き込んでるし
何者なんだ？

432：名無しさん：2011/01/15(土) 17:09:01
ID:ss9pHX797
>>431
確かにおかしい

433：名無しさん：2011/01/15(土) 17:12:35
ID:ykYxw3t8q
Aylg8wLmaさん何か知ってるんですか？

452：**関西軍曹**：2011/01/15(土) 19:25:09
ID:H7cKvHk1c

軍曹はこれどこで撮ったの？お札はないんじゃないの？

461：名無しさん：2011/01/15(土) 19:41:11
ID:gBbp5D2vd
宗教系？鳥居描いてあるけど
あと、この記号みたいなのなに？「了」って漢字？

＊＊＊＊＊＊

以降もスレッド主（関西軍曹）は書き込みを行うことはなく、写真の意味するところも謎のままです。現在も釣り（スレッド主による自作自演）宣言はされていません。

また、なんらかを知っているかのような書き込みを行っていたAylg8wLmaからも、書き込みはなく、このスレッドは終わりました。

また、別スレッドで『軍曹を救う凸【心霊スポット】今から近畿の心霊スポ凸実況してみる』として、スレッド主の捜索隊が組まれ、有志数名で後日、例の廃墟を訪れています。その際、和室の中央の畳は剝がされていたものの、床下には何もない状態だったそうです。

多くの謎を残すこのスレッド、いかがだったでしょうか？

情報の真偽は不明ですが、色々と考察してみるのも楽しそうですね！

某月刊誌　２０１０年５月号掲載

短編「心霊写真」

「これは私も実際に見た心霊写真の話なんですけど……」

見るからに凝ったデザインのブランド物のワンピースに身を包み、それでいて人好きのする笑顔が印象的なAさんは女性ファッション誌のベテラン編集者だという。

「ファッション誌の撮影って、スタジオを何日間か押さえてその期間でババッと一気に撮っちゃうことが多いんです。モデル撮影が入ってる場合は特に、スケジュールが完全に決まってるので時間との勝負になるんですよね」

撮影現場には編集者はもちろんモデルとそのマネージャー、メイク、コーディネーター、貸出衣装のブランド広報、営業担当、ライター、カメラマン、アシスタントなど実に多くの人間が参加する。

現場で飛び交う意見をくみ取りながら、編集意図に沿った撮影を時間通りに進行しなくてはならない編集者は実に多忙だ。

「そんなだから、空気づくりってとっても大切で。現場がピリピリしないようにある程度和気あいあいとした雰囲気を作れるようにいつも心がけてます」

Aさんによると、製作スタッフのノリというのは各人の持つ専門技術と同じくらい大切なのだという。

「カメラマンやメイクさんときちんとチーム作りができてると、初めて参加する外部の方も安心して身を任せてくれますから。そういう意味ではBくんは、カメラマンとしてはまだまだ若手ですけど、モデルさんの気分を盛り上げるのも上手ですし、頼りにできる仕事仲間です」

半年ほど前、編集部に売り込みにきた若手カメラマンのBさんが、Aさんの撮影チームの常連になるのに時間はかからなかったという。

「表紙撮影では何百枚と撮影をするんです。ポーズごとに写真を細かく確認しながら。変に大御所カメラマンに頼んじゃうと細かい注文をつけにくかったりするので、私の中でしっかり構成が固まってるような撮影では、Bくんみたいにこちらの意見を聞きながら臨機応変に対応してくれる若手はけっこう重宝するんですよね」

一週間以上にも及ぶスタジオでの撮影が終わると、次は誌面構成のため、編集部で入稿する写真を決める段階に入る。そのために大量の撮影データの中から明らかに写りの悪いものを除き、容量を軽くした数百枚の撮影画像を一旦カメラマンから仮納品してもらうのだという。

「膨大な量の写真とにらめっこして、数パターンまで絞り込みます。選んだ候補のカットをカメラマンに伝えて、それらの画像をレタッチ（明るさ補正などの加工を画像に施すこと）して送ってもらってからやっと入稿ですね。もちろん、ラフをひいたり、デザイン発注したり、ライターからのテキストをチェックしたりと、他にも山ほどある作業と並行しながらですが」

あるときAさんは、表紙に使うモデル写真をどうしても決められなかった。

「Bくんが撮ったものでした。すごく気に入ったポーズのカットがあったんです。でも、仮納品された10枚ほどのそのポーズの写真がどれも惜しくて。出稿していただいてるクライアントのブランドのピアスが、どの写真も髪にほんの少し隠れてしまっていて、営業から全部NGをくらってしまったんです」

どうしてもあきらめがつかないAさんは、何度もその10枚ほどの画像ファイルを見比べた。

「画像のサムネイル一覧を見ていたら気づきました。Bくんからの仮納品の画像は全部『IMG－0001』みたいなファイル名がついているんですが、そのカットには未納品のものがあったんです」

Aさんが気にいったカットが仮に「IMG－0010」から「IMG－0020」だったとすると、それはその撮影中の10枚目から20枚目のカットということになる。そしてファイル名は「IMG－0010」「IMG－0011」「IMG－0012」……と連続していくと考えられる。そのなかで「IMG－0013」のファイル名だけがないと、それが未納品のものだと予想がつくわけだ。

「そのときに欠けていたのは『IMG－0053』でした。それが未納品ということは恐らく撮影ミスだったり、レタッチでもどうにもならないほど写りが悪いものだったんだろうなとは思いました。でも、私はどうしてもそのカットを表紙に使いたくて、希望を捨てられなかったんです」

Bさんに連絡したAさんは、たとえ写りが悪くてもいいのでその仮画像を送ってもらえないかとお願いした。どんな画像だったとしても一度見てみたいと。

案の上、撮影ミスの画像であり、使えるような代物ではないと応えたBさんだったが、大先輩の編集者からのお願いが断りづらかったのだろう。渋々画像をAさんに送ることを了承した。

それは真っ暗な画像だった。

「何も写ってない真っ暗な画像で。レンズキャップを外し忘れたのかしら？　なんて思いました。まあ、そんな画像を表紙に使えるわけもなく、泣く泣く違うカットを入稿しましたよ」

それから数か月後、別のトラブルが起きた。

「アクセサリーの特集だったんですけど、有名な海外ブランドのネックレスが本国の意向で突然販売を取りやめることになったんです」

校了間際だったこともあり、Aさんはそのページの穴埋めに追われた。

「例によってBくんに撮影をお願いしてたページだったので、急いで電話してBデータ（撮影で使わないデータ）含めてとりあえず撮影したものを一式全部送ってくれって頼んだんです」

Aさんの焦りが伝わったのか、Bさんはすぐに全ての画像を送ってきた。

「また、『IMG－0053』の画像が真っ黒でした。そのときはそれどころじゃありませんでしたから、急いで他の画像を見繕って入稿しましたけど。ただ、『IMG－0053』という文字列と真っ暗な画像に見覚えがあったので頭の片隅に引っかかっていたんです」


後日Aさんは、Bさんも参加した別の撮影のあとに行われた打ち上げの席でそれを思い出した。

「撮影ミスって話だったけど、あれって本当なの？　って聞いたんです。カメラマンによっては願かけの意味で撮影の最初に関係ないもの写したりするって話も聞きますから。何かのおまじないとかだったりするの？　って」

酒が回っている様子だったBさんは笑いながらこう応えたという。

「僕が撮った53番目の写真はいつもああなるんです。呪われてるのかも」

酒の席だったこともあり、Aさんとその周りに座っていたメンバーは大いに盛り上がったという。呪われているとはどういうことかと興味津々で聞く皆に若干圧倒されながら、Bさんは次のような話をした。


若手カメラマンであるBさんは、ファッション誌を主戦場とする以前は、駆け出しとして仕事を選ばずに、数をこなして生計を立てていた。

そのなかのひとつにレジャー誌での撮影があった。

数年前、国土交通省を中心に、全国のダムで「ダムカード」なるものが発行された。ダムの写真と基本情報が印刷されたカードは、ダムを直接訪ねることで手に入れることができる。当初は一部のマニアのコレクターアイテムとして人気を呼んでいたが、そこから一般層まで普及してダムカード入手を目的としたダム見学ツアーなどが盛況なのだという。

Bさんはレジャー誌で、あるダム見学ツアーの取材に行った。

50年代半ばに建設された●●●●●にあるそのダムは、重力式コンクリートダムと呼ばれるもので、切り立った巨大なコンクリートの壁が特徴の、日本では多く見られるタイプのものだったという。他のダムと比べて特に見どころがあるものではなく、むしろ自殺の名所としての知名度のほうが高いような場所だった。

Bさんはその日、朝からレンタカーを借りて編集者とライターの3名で現地を訪れ、午前中はダム湖の景観などの撮影を行った。そのあとにダム管理者の案内のもと、実際の見学ツアーの行程にのっとる形で取材を始めたという。

まず、堤体天端《ていたいてんば》と呼ばれる、水をせき止める巨大なコンクリートの壁の上に設けられた歩道を歩きながらダムの仕組みや働きの説明を受けた。熱心にメモを取るライターの横でBさんは話のポイントとなる場所や景色にシャッターを切り続けた。

続いて、一般客は見学ツアーの際にしか立ち入ることができないという監査廊と呼ばれる場所へ向かった。監査廊はコンクリートの壁の内部に設けられたトンネルで、外に据え付けられた長い階段を下りた先にあった。ダムの維持管理の役割を持つ監査廊は頑丈な鉄扉で施錠されており、入り口に立っただけで内部から漏れる冷気に寒気がしたという。


1年を通して気温が15度前後、大人二人ほどの幅のアーチ型で、分岐しながら奥に延々と続くコンクリートのトンネルは、ところどころに無機質な蛍光灯の光が灯っているだけで薄暗く、かなり不気味に思えた。

同じ感想を口にした編集者の言葉を受けて、試しに入り口の電気スイッチを職員が消すと、そこは真の闇だった。「職員が入るときは念のため懐中電灯を持っていくんです」との言葉にも説得力があったという。


いくつもの角を曲がり、階段を下り、案内されるまま変位計室や放流ゲート室などを順に見て回った。複雑に入り組んだトンネルは、万が一はぐれてしまったら二度と出られないような気にさせ、Bさんは不安を感じずにいられなかったという。

取材も後半に差しかかり、最後に案内されたのはバルブ室だった。

普段は管理室で制御しており、緊急時のみ手動で操作するために使用するというその部屋には奥行きがあり、取っ手がついた複数のバルブが立ち並んでいた。

編集者とライターは入り口に立ち、室内に立つ職員の説明を聞いていたが、Bさんは撮影のため、部屋の奥のほうまで一人で進みながらシャッターを切っていった。


Bさんは部屋の一番奥にあるバルブの陰になる位置にポツンと置かれたロッカーを見つけた。

それはオフィスなどでよく目にする縦長のもので、掃除用具などを入れているのだろうと思った。

そのロッカーが少し開いていたのだという。

中途半端に開いていたことから、親切心で閉めておこうと手をかけたBさんは、特に理由はなく、閉める前に中を見たのだという。


そこには、掃除用具などの類いはなく、ロッカーの底に置かれたフランス人形がこちらを見上げていた。


あまりの異様さに思わずあげたBさんの声に気づいて、編集者とライターが寄ってきた。

その光景を目にした二人も唖然としていたという。

平静を取り戻したライターが職員に意図を問うと、次のように答えた。

「自分がここに赴任したときにはもう置かれていました。先代からの教えで、置かないといけないらしいです。どうして置いてあるのかは私にもわかりません」

　ことともなげに話す職員の様子に、Bさんはより一層不気味なものを感じた。なにごともなかったかのように説明に戻る職員のほうに顔を向けながら、編集者がニヤリとした笑顔でBさんに目配せをした。どうやら撮っておけという意味らしい。帰りの車中で写真を見ながら盛り上がりたいのだろう。

　趣味の悪い提案に辟易《へきえき》しながらも、発注元である版元の人間には逆らえず、Bさんは職員に気づかれないように人形を撮影した。


「それがその取材での53番目の写真でした。帰りの車内で『IMG－0053』のデータを見ても真っ黒なものが写ってるだけで、何も見えませんでした。編集者の方は残念がってましたけど。それ以来、僕が撮影した写真の53番目の写真は決まって真っ黒なものが写るんです。仕事にも差し障りますし、本当に勘弁してほしいですよ」


　メイク担当の女性が黄色い悲鳴をあげる横でAさんは聞いた。

「でも、どうして真っ暗なんだろうね。もしそれが呪われた人形だったとしたら、幽霊とかが写ってるのが定番じゃない？」

　一瞬Aさんを見つめたあと、少し間を置いてBさんは答えたという。

「さあ、どうなんでしょうね……。とりあえずこれでこの話は終わりです」

「こういう仕事やってると、色んな人種、色んな立場の人に取材するじゃないですか。私、わかるんですよね。立場上、こういう風に話してるけど本心は別のところにあるような受け答え。私、Bくんが何か隠してるなってすぐ気づいたんです」

Aさんは続ける。

「それに、私はあの写真を見たとき『真っ暗な写真』って思いました。でも、Bくんは『真っ黒なものが写ってる』って言いました。変ですよね。何も写ってないときにそんな表現しませんから。あの写真には何かが写っていて、それに私が気づかないように気を遣ってるような印象でした」

Aさんは翌日会社で、以前Bさんから送ってもらった「IMG-0053」の画像を改めて確認した。

「やっぱり真っ暗で何も写ってるように見えませんでした。だから、手を加えてみたんです」

Aさんは画像編集ソフトで「IMG-0053」を開き、画像の明るさを最大まで上げてみたのだという。

ぼんやりと見えるそれが、何かわかるまでにしばらく時間がかかった。

画面の上下に白い湾曲した列が並び、下の列の内側に沿う形で何かが乗っている。

「口の中でした。多分人の口だと思います。口を大きく開けてその中を画面一杯に撮影したような写真だったんです。上下の白い列は歯で、真ん中に写っていたのは舌でした」

Bさんは、写真に写っているものを伝えてAさんが怖がってしまわないよう気を遣ったのだろう。Aさんはその後、Bさんとの会話の中でそのことに触れることはなかった。

「でも、それから変な夢を見るようになりました。目が覚めたときには内容をあまり思い出せないんですけど、怖い夢です。山の中みたいなところで、大きな口を開けた男の人に追いかけられているような夢です。私も、呪われてしまったのかもしれませんね」

いまだにBさんから仮納品される写真データには「IMG－0053」がないという。

ネット収集情報　4

何が原因にせよ、定期的な検診や治療で症状を緩和できる場合が多いので、お早めの受診をお勧めいたします。

→相談者からの返信　2019/11/17
お返事してくださってありがとうございます。

眼医者様に行ってみようと思います。

でも、そういう感じではないような気もしてます。

浮き上がって見える文字が文章になっていて、誰かが私に見せようとしている感じです。

あるときは、文章が私に見えるように直接書いてあります。全部同じ角ばったような字です。

・回答者：精神科医師　2019/11/18
ご相談内容と、別の医師へのお返事を拝見させていただきました。

どうかお気を悪くなさらないでいただきたいのですが、最近もの忘れが多くなったなと感じることはありませんでしょうか？　親しいご友人やご家族を亡くされたなど、大きなショックを受けたことはありませんでしょうか？

アルツハイマーや精神疾患は相談者さまの年齢でも発症される方は多くいらっしゃいます。

付き合い方さえ理解していれば、怖がるようなものではありません。

念のためと思って、こちらの文章をご家族にお見せしてみませんか？

もし違っていたら勘違いを笑い飛ばせばいいのです。どうか一人で考え込まれず周りの方に話してみてください。

→相談者からの返信　2019/11/18
ご心配いただいてありがとうございます。

自分でもまさかとは思いましたが、ボケは自分で

【無料オンライン医師相談サービス『おしえて！ドクター』より】

・相談者：50代　女性　2019/11/14
字が浮き上がって見えるのと、文章が気になることがあります。

こういった症状の病気はあるのでしょうか？

3か月ほど前からはじまって、だんだんひどくなっている気がします。

夫に言っても気のせいだと言われてしまいますが、今まで大きな病気もしたことがありませんので、もし重い病気だったらどうしようと考え込んでしまい困っています。

パソコンに慣れていませんので失礼があったらお許しください。

・回答者：眼科医師　2019/11/15
視界が歪むと日常生活に支障も出ますし、お辛いですよね。

外見に異常が出ないため、ご家族の理解も得られないことが多いですが、眼の疾患は放置しておくと危険な場合もあります。お早めに最寄りの眼科を受診されるのがよろしいでしょう。

ご相談の文章のみでは診断がつきづらいですが、文字が浮き上がって見えるのは単純な眼の疲れといったものから、黄斑円孔、網膜剥離など様々な原因が考えられます。

相談者さまのご年齢からすると加齢黄斑変性の可能性もあるでしょう。

これは、老化により、網膜にむくみや出血がおこり、それが原因で視力が低下する病気です。 自然治癒せず、放置すると症状が進み、最悪失明にもつながります。

私は気にしていませんし、ここでお医者様に書くようなことでもありませんので、特にお伝えはしなくてもよいかと思っていますが。

→精神科医師からの返信　　2019/11/19
お返事ありがとうございます。

文章を拝見するに、ずいぶんとお悩みのようですね。

どうかご自分を疑わないであげてください。その上で、お悩みを解消されるためにも、一度心療内科を受診なさってください。

自分の心を否定せずに、医師にありのままをお伝えいただければけっこうです。

相談者さまがこの先安心して暮らせるように解決策を相談できるはずです。

ただひとつ気になるのが、相談者さまがお心当たりがあると書かれているきっかけです。

ご本人は気にしていないつもりでも、心の奥でそれが強いストレスになっていることが多々あります。

受診される場合はそちらも併せて医師にお話いただければ幸いです。

→相談者からの返信　　2019/11/19
お返事いただいた通り、次の土曜日に夫に付き添ってもらってお医者様にかかることにします。

きっかけですが、本当に大したことのないものです。せっかく親身に相談に乗っていただいたのでこちらにも書かせていただきますが、ただの怪談です。

大学生の一人息子が3か月前にお友達とグループで肝試しに行ったそうです。確か●●●●●のほうにあるホテルだったか保養所だったかの廃墟と言っていました。

は気づかないといいますので、夫にこちらのホームページを見てもらいました。

もの忘れはないみたいです。毎日の夕飯もきちんと準備できているので大丈夫かと思います。

頭が変になってしまったのかというのは、ちょっと自信がありません。

夫は心配しすぎだと言っていますが。でも、やっぱり誰かが私に文章を読ませているようにしか思えないのです。

最初はスーパーのチラシでした。

たくさんの文字の中で、いくつかが浮き上がって見えるというか、その文字だけが目立って見えました。それが文章になっていました。

新聞を読んでも、小説を読んでも文字が浮き上がってひとつの長い文章になっていきました。

次は文房具屋さんでボールペンを選んでいたときでした。

試し書きのメモ用紙に角ばった字で書いてありました。なぜかわかりませんが、その文章の続きだと思いました。

そのあとも、お友達と行ったレストランの順番待ちの名前を書く紙とか回覧板のはしっこに書いてありました。

よくわからない内容だったのと気味悪いので内容をつなげて書きつけたりはしてませんが、何かをお願いされているような文章でした。

今でも、同じ文章が繰り返されて浮かび上がったり、ふと目にした何かにあの字で書かれているのを見つけてしまいます。

こうやって書くとやっぱり私はヘンですよね。

ショックなことは別にないです。離れて暮らしていますが両親もまだ元気です。

でも、あれがきっかけなのかな？ということはあります。

たびたび失礼します。やっぱり私は頭の病気なのだと思います。

昨日、お隣さんが訪ねてきました。私がお隣さんのポストにおかしな内容の手紙を入れたと言うんです。私はそんな覚えは全くありません。

お隣さんとは息子が小学校のときにPTAでお知り合いになってから、10年近く親しくしているので、嘘をついているとも思えません。

実際にその手紙も見せてもらいました。確かに私の字で、封筒には私の名前も書いてありました。今手元にあるので書き写すとこんな内容です。


私を探しています。

見つけてくださってありがとうございます。

私はあなたを見ています。

あなたは私になれますか。

私のかわいい子。

一緒に育ててください。

お友達がもっとほしいと泣いています。

さそうのはどなたでもできます。

おねがいします。

でもそれだけではだめです。

命を生んだ人にしかわかりません。

高みからみなさんをみちびいてください。

それまでずっと見ています。


この手紙、思い返すと私が見ていた浮かび上がる文章と同じような気がします。

夫もお隣さんも心配しています。

前のときには書きませんでしたが、実は耳元で声が聞こえるときもあります。

インターネットで調べると、統合失調症が当てはまるような気がします。

お医者様にかかるのは心療内科で大丈夫なのでお恥ずかしい話です。そういうのは危ないし、近所の方にもご迷惑になるのでよくないと注意しておきました。

息子の話では、その廃墟は荒れ果てていて、崩れたりしているところもあるので奥までは行っていないらしいのですが、入り口のロビーのようなところにある受付カウンターの下にノートが落ちていたのだそうです。

観光地によく置いてあるような思い出ノートだったみたいです。修学旅行生とか会社の研修で訪れた方々の書き込みが多かったそうで、大した内容のものではなかったそうです。

そのノートは半分ぐらいまでしか書き込みがなかったそうなのですが、最後のページにひとつだけ変な書き込みがあったそうです。

意味がよくわからないけれど、何かをお願いするような内容だったそうで、とっても怖かったのだそうです。

そんな話を夕飯を食べながら夫と一緒に聞きました。

それからしばらくして文字が浮き上がって見えるようになりました。

私に見えた文章も同じような内容なので、ちょっと気持ち悪いなと思っていました。

でも、常識で考えてもそんなことありえませんよね。いい歳して恥ずかしいです。

またその場所に肝試しに行ってもよくないので、息子には黙っています。

恥ずかしいですが、一応この話もお医者様にするようにしますね。

ご相談に乗っていただいてありがとうございました。

→相談者からの返信　2019/11/21

しょうか。

夫には仕事を休んでもらって明日一緒に病院へ行くことにします。

某月刊誌別冊　2018年7月発行掲載

短編「浮気」

「髪の毛、やっとここまで伸びたんです」

背中にかかるほどの長さの、薄い茶色に染めたロングヘアをなでながらAさんは言った。以前髪を切ったのは当時付き合っていた彼と別れたときだという。失恋の痛みを忘れるために切ったのかと尋ねると彼女は首を横に振った。

「いえ、私そういうタイプじゃないので。むしろできれば切りたくなかったんです」

そう言ってAさんは話し始めた。


今から2年ほど前、大学3年生だったAさんは学内の同じテニスサークルに所属する同い年の男性と交際していた。

1年生の頃から付き合い始め、サークルの共通の仲間と一緒に旅行へ行ったりと良好な関係だったという。

「その頃は毎晩、彼も含めたみんなでオールで飲んだりして、けっこうやんちゃしてました」


ある晩、Aさんはいつものようにサークル仲間の家に集まり、飲み会を開催した。

「そのときは彼と私とあと二人友達がいました。みんなかなり酔っぱらってて、誰かが怖い話をしようって言いだしたんです」

皆、順番にどこかで聞いたようなありきたりな話を披露したが、酔いも手伝って大いに盛り上がった。

　とはいえ、怪談のストックなどすぐに尽きてしまう。次に話題の中心になったのはこっくりさんだった。

「小学生のときに放課後の教室で集まってしたよね、なんて話してました。でも、こっくりさんって地域によって呼ばれ方が違ったりするらしいですね。私は知らなかったんですけど、彼の地元ではキューピッドさんって名前だったそうです。まあやることはほとんど変わらないみたいでしたけど」


　せっかくだからみんなでやってみようと友人が言い出した。だが、こっくりさんをするためには五十音が書かれた紙を用意しなければならない。全員が酔っている状態でそんなものを準備することができるはずもなく、なんとなく白けたムードになってしまった。

「そんな空気を読んで、友達の一人が言ったんです。昔、少しの間だけ通っていた小学校で、流行《はや》っていたのがあるって。それなら準備も必要ないし簡単にできるからって」

　その友人は親がいわゆる転勤族で、2年から3年おきに転校を繰り返していたのだという。それは、小学生の3年生から4年生にかけて通っていた●●●●●にある小学校で流行っていたものだった。

「ましろさまって呼ばれていたらしいです。やり方は簡単で、立った状態で両手を上にあげて『ましろさま　ましろさま　おいでください』って唱えたあと、3回その場でジャンプする。それだけです。そうすると、ましろさまからお告げをもらえるって話でした」

例えばこっくりさんだと、お告げは硬貨が示してくれる。そのましろさまはどのような方法でお告げを伝えるのか。

「それが、友達に聞いてもわからないって言うんです。ずいぶん適当ですよね。でも、その子が通ってた小学校では一部の子がすごく熱心にやってたみたいなんです」

とはいえ、その場で盛り上がる話題を探していただけのAさんたちにとってはましろさまからのお告げの表れ方など特に大きな問題ではなかった。

「彼が『俺やってみる！』って言って、ふらふらしながら『ましろさま　ましろさま　おいでください〜』って大声で叫びながらジャンプしました。その様子がおかしくてみんなゲラゲラ笑ってました。みんながあんまり笑うもんだから彼も調子に乗って、『もう一回やるから俺のスマホで撮ってくれ！　SNSにアップするから』って言って私にスマホを渡してきたんです。撮影したスマホを返すとうれしそうにSNSに動画をアップしてました」

せわしなくスマホをいじっている様子をAさんがぼんやりとみていると、「えっ」とふいに彼氏が声を漏らした。

「動画をアップして5秒も経ってないのにもう『いいね』がきた。しかも知らないアカウントから」

彼氏の言葉を受けてAさんがスマホの画面をのぞき込むと確かに「いいね」のマークがついてい

る。「いいね」一覧にはひとつだけアカウントが表示されていた。

「初期設定のままのアイコンでした。人のマークのやつ。名前の欄も空白で、アルファベットのユーザー名は意味があるものじゃなくて英数字をランダムに入力したみたいなものでした」

そのアカウントは自身では投稿を一切しておらず、フォロワーは0人、フォローしているのは彼氏だけだった。

Aさんは不気味に感じたが、彼氏は特に気にする様子もなかった。

当然、ましろさまからのお告げがあるわけもなく、話題は別の方向に移り、ひとしきり盛り上がったあとその日はお開きになったという。


「それからでした。彼の投稿には絶対その人から『いいね』が来るんです。例えば、一緒に出かけた先とかで、彼が私を撮った写真をSNSにアップするじゃないですか？　私も自分の写りが気になるから、フォローしてる彼のアカウントの投稿を自分のスマホで確認すると、もうそのときには『いいね』がついてるんです。まだアップしてほとんど時間が経ってないのに。気持ち悪いですよね。ブロックしなよって彼には何度も言ったんですけど『いいね』の数も増えるし別によくね？って感じで……」

そのアカウントが「いいね」をするのは特定の写真や動画というわけでもなく、彼氏がアップしたもの全てに、即座に「いいね」がついた。

そんなことが続くなか、Aさんは密かにある疑念を抱いていた。

「浮気相手が捨てアカウントで監視してるんじゃないかなって思いました。全部の投稿に『いいね』をつけて、彼と彼のアカウントを見てるであろう私にプレッシャーかけてきてるんじゃないかなって。彼もそれに気づいてるからなかなかブロックしないんじゃないのかと疑ってました」

1か月ほど経って、その疑念はさらに深いものになる。

「なんだか、よそよそしくなったんですよね。私と一緒にいても楽しくなさそうっていうか、上の空っていうか。何か機嫌を悪くするようなことをしてしまったのかって聞いても、そんなことないって言うし。もう私から気持ちが離れちゃってるのかなって思って、悲しかったです」

ある晩、Aさんは彼氏の家に泊まりに行った。

そのときもやはり彼氏はよそよそしい様子で、テレビの音で気まずさを紛らわせつつ、お互い無言でスマホを触り続けたあと、早々にベッドに入ったという。

深夜、ベッドのきしむ音でAさんは目が覚めた。

「隣で寝ていた彼が立ち上がって歩いていった気配に気づきました。私も寝ぼけてましたし、トイレに行ったんだろうって思って、またすぐ寝ちゃいました」

次に目が覚めたときにもまだ、隣に彼氏の姿はなかった。

「枕もとのスマホで時間を見ると深夜の3時でした。前に彼が起きだしたときには時間を確認してませんでしたが、体感的にけっこうな時間が経ってるような気がしたんです」

彼氏はどこに行ったのだろうか。捜したほうが良いのだろうかと逡巡していると、かすかに廊下のほうから声が聞こえた。

「ぼそぼそぼそぼそって低い声が聞こえたんです。誰かと話してるみたいな声でした」

Aさんは忍び足でベッドを抜け出し、1Kの洋室から廊下の様子をうかがった。

「ちょっとずつドアを開けて廊下を確認したんですけど、廊下は真っ暗でした。その代わり、トイレから薄く明かりが漏れていて、そこから声が聞こえてました」

彼氏が深夜にベッドを長時間抜け出してトイレで話している。恐らくは電話をしているのだろう。以前からの疑念もあって、Aさんは話し相手を探ることにした。

Aさんは真っ暗な廊下を音を立てないよう慎重に歩き、トイレのドアにそっと耳を当てて、盗み聞きをした。


「彼、ずっと謝ってるんです。『ごめんなさい』とか『それはできません』とか『許してください』とか。とんでもない女に捕まって、私と別れるように言われてるんだなって思いました」

その情けない声を聞いていると、自分の気持ちがどんどん彼氏から離れていくことに気づいたという。

「なんか、もうどうでもいいやって。こんな人と付き合っててもしょうがないなって思いました。でも、同時にすごくムカついてきて。どうせ別れるなら完全な浮気の証拠を突きつけて、こっちから振ってやろうって考えたんです」

Aさんはベッドに戻ったが、彼氏は朝方までトイレから出てこなかった。朝、Aさんは何事もなかったかのように彼の自宅をあとにした。

その上で、その日から一週間後、また彼氏の家に泊まりにいったのだという。

「もう意地ですよね。絶対証拠をつかんでやるって思ってました」

浮気の手がかりを得るために、Aさんが選んだのは彼氏のスマホだった。以前一緒に出かけた際、彼氏がAさんの前を歩きながらスマホのロック画面を解除していたことがあった。見るつもりはなかったが、たまたま見えたその暗証番号をAさんは覚えていた。

その晩、二人でベッドに入り、彼氏が寝息を立て始めたのを確認すると、Aさんは彼氏のスマホを持ってこっそりベッドを抜け出した。

「またいつその女から電話がかかってくるかわかりませんから、同じ部屋で見るとまずいかなと思って、あの日の彼と同じようにトイレに入りました」

真っ暗な短い廊下を抜け、トイレの中に入ったAさんはスマホのロックを解除した。

まずメッセンジャーアプリを開き、メッセージ一覧を見てみたが、Aさんも知っているサークルの友人との他愛もないやり取りがあるだけで特に怪しいものはない。

それならばと続いてスマホ本体の通話履歴を見た。あの日の通話履歴を見れば少なくとも相手の名前はわかるからだ。しかし、あの日、あの時間帯に通話をした履歴は残っていなかった。他の通話が可能なアプリを確認しても同様だった。

「履歴を削除してるんだとしたら、もう完全にクロですよね。深夜に一人でトイレで話すわけありませんから。だから、もっと徹底的に調べました」

彼氏の写真フォルダなどをかたっぱしから見ていったが目ぼしいものはなく、あきらめかけていたそのとき、Aさんはあることを思い出した。

以前からSNSで彼氏に「いいね」を送ってきていたアカウントのことだ。

彼氏がSNS上でやり取りできるダイレクトメッセージを通じて、そのアカウントと浮気のやり取りをしているかもしれない。そう思ったAさんはSNSアプリを開き、ダイレクトメッセージの一覧を確認した。


「ありました。あのアカウントとのメッセージが。でも、思ってた内容とは違ったんです」

画面には彼からの一方的なメッセージのみが大量に並んでいたという。


『ごめんなさい』

『ごめんなさい』

『ごめんなさい』

『ごめんなさい』

『ごめんなさい』

『ごめんなさい』
『ごめんなさい』
『ごめんなさい』
『ごめんなさい』
『ごめんなさい』
『ごめんなさい』

「相手からの返信は一切ないんですが、彼がずっと『ごめんなさい』ってメッセージを送り続けてました。多過ぎて全部見られませんでしたが、多分ここ数週間ずっと。一日に何十通も送ってる感じでした」

これは普通ではないと感じたAさんは、浮気の証拠云々の前に彼氏に理由を聞こうと思った。

リビングに戻るため、彼のスマホを手にしたままトイレのドアを開けると真っ暗な廊下の真ん中に彼氏が立っていた。

「廊下は真っ暗だし、表情とかはよく見えないんですけど、普通じゃないなっていうのはわかりました。何も言わないんです。ただじっと仁王立ちでこっちを見てるんです。多分30秒ぐらい無言で見つめ合ったあとに急にこっちに歩いてきて腕をつかまれました」

逆上した彼氏に暴力をふるわれる。そう思ったAさんはとっさに謝った。だが、彼氏は無言のまま強い力でAさんの腕を引き、リビングの洋室の中へ引き込んだ。

「彼、お調子者ではあったんですけど、暴力をふるうようなタイプじゃなかったんです。だからもう本当に怖くて。離してって頼んでも全然力を抜いてくれないし」

身の危険を感じたAさんは腕を振り切るために全力で抵抗した。

彼氏の手が一瞬離れたかと思ったそのとき、強い力で突き飛ばされた。

ローテーブルの角に強《したた》かに頭を打ちつけたAさんはしばらく動くことができなかった。

「頭がぼーっとしちゃって。彼が私から離れて廊下に行くのを倒れた状態でただ見てました」

再びリビングに戻ってきた彼氏の手にはハサミがあった。

そこでAさんは初めて彼氏の表情を見た。

満面の笑みで泣いていたという。笑顔を無理やり貼りつけたような顔から涙が流れているのを朦朧としながらAさんは見つめていた。

彼氏は無抵抗のAさんに近づくと長い髪を手で掬い上げ、ハサミでバッサリと切り落とした。

「私の幻聴じゃなければ、髪を切りながら『これで一旦大丈夫だから』『人形をお前にするから』みたいな意味不明なことをずっとぶつぶつ言ってました」

Aさんの髪のたばを持った彼氏は、ベッドサイドへ行き、ぬいぐるみを手に取った。

そのぬいぐるみはウサギのキャラクターで、以前Aさんと彼氏が出かけた際に立ち寄ったゲームセンターのUFOキャッチャーで手に入れた、思い出の品だったという。

彼氏はそのぬいぐるみに髪の毛をめちゃくちゃに巻きつけた。

その後、毛が巻きついたぬいぐるみを手に、横たわるAさんのそばを通り過ぎ、玄関から外へ出ていってしまった。

「それっきりです。私は意識がはっきりしたらすぐに彼の家を飛び出して、それから一度も会ってないです。会いたくもないですし。病院には行きましたけど軽い脳しんとうだろうって言われておしまいでした。でも、髪は切られちゃって……美容室に行って整えてもらったけどかなりショートカットになっちゃいましたね」

サークルの仲間に一連の流れを打ち明けると、皆信じられないという反応だったが、同時に彼氏の非道な行為に憤《いきどお》った。

Aさんに代わって一言物申してやろうという友人もいたが、彼氏がその後サークルに顔を出すことはなかった。大学にも一切姿を見せず、家も引き払われていたという。

「私も最初は、ショックと悲しいのと腹が立つので心の整理がついてなかったんですが、今になって落ち着いて考えると、色々おかしいですよね」

つぶやくようにAさんは言葉を継いだ。

「みんなで飲み会をしたあの日から、彼はなにと浮気してたんでしょうか？　一体なにに謝ってたんでしょうか？」

『近畿地方のある場所について』 4

「僕、ここまで来たら一度●●●●●に行ってみようと思います」

小沢くんは言いました。
私はもちろん止めました。
でも、彼は行ってしまいました。

『近畿地方のある場所について』はこれでおしまいです。
小沢くんを捜しています。
情報をお持ちの方はご連絡ください。

「学校のこわい話」シリーズ

【『学校のこわい話』第2巻（初版2003年）「第一章　学校の七ふしぎ」より一部抜粋】

・ある学校の九ふしぎ

ある小学校では「七ふしぎ」ではなく「九ふしぎ」が生徒のあいだでうわさされているといいます。その内容をしょうかいしましょう。

その一　「おどり場の鏡」

四年生から六年生の生徒が使う、階段のおどり場には大きな鏡があります。その鏡には校長先生のゆうれいが出るそうです。その校長先生は亡くなってしまった何代か前の先生で、先生たちの言うことを聞かない生徒を鏡の中につれていってしまうのだそうです。

その二　「人体模型のダンス」

三階の理科室にある人体模型が夜な夜なダンスをおどるそうです。昔、宿直の先生が夜ふけに見回りをしていたときに、かぎのかかった理科室から音がするので、ろうかの窓からそっと中をのぞくと、楽しそうにおどる人体模型を見たそうです。

その三　「ましろさん」

遅くまで学校に残っていると、ましろさんというおそろしいゆうれいが出るそうです。ましろさんを見た生徒はいませんが、それは見た生徒が全員死んでしまうからだそうです。

その四　「プールの白い手」

昔、上級生用の深いプールでおぼれて死んでしまった女生徒がゆうれいになって、泳いでいる生徒の足を白い手でひっぱるそうです。夏休みに勝手にプールに入ってあそんでいた生徒が白い手に足をつかまれておぼれて死んでしまったそうです。

その五　「ひとりでに鳴るピアノ」

体育館のぶたい裏にある合唱用のピアノがときどきひとりでに鳴るそうです。卒業式で演奏する校歌を、どうしてもうまくひくことができず、なやんだ末に自殺した生徒のゆうれいが死んでからも練習をしているそうです。

その六　「女の絵」

美術準備室には誰が描いたかわからない女の絵がしまわれています。その絵を一度見てしまうと夢にその女が出てくるそうです。だから、美術準備室は開かずの部屋になっています。

その七　「渡りろうかの生首」

夜になると、渡りろうかを生首がとんでいるそうです。学校にプリントを忘れてしまった生徒が夜遅くに渡りろうかを歩いていると、笑った顔の生首がすごい速さで生徒に向かって飛んできたそうです。

その八　「下校のチャイム」
　夕方の五時になると放送室から自動で鳴る下校のチャイムが、ときどき勝手に三分おくれるのだそうです。それは昔自殺をした生徒が死んだ時間なのだそうです。その時間のチャイムを聞いてしまうと、なんだか死にたくなってしまうのだそうです。

その九　「あきおくん」
　あきおくんという男の子のゆうれいが出るそうです。多目的室の暗幕のかげや、トイレの一番おくの個室など、うす暗いところから友達になろうとさそってくるそうです。あきおくんと友達になると食べられてしまうので、断らないといけません。

＊＊＊＊＊

【『学校のこわい話』第6巻（初版２００７年）「第三章　学校のまわりのこわい話」より一部抜粋】

・ジャンプ女

小学四年生のTくんの話です。

Tくんはある晩、夕ご飯を食べたあと、二階にある自分の部屋で宿題のプリントをしていました。

ふと窓の外を見ると、おそろしい顔をした女が窓の外に見えかくれしていました。

おどろくことに、女は二階の高さまでジャンプして、窓からTくんのことをのぞいていたのです。

ワッと声をあげてTくんが階段をかけおりると、階段の下にお母さんが立っていました。

今あったことを話そうとすると、お母さんはTくんの顔をじっと見てきました。

それは、お母さんの服を着たあの女でした。

それっきり、Tくんの一家は行方不明になってしまったそうです。

・あきとくんの電話ボックス

Rちゃんの通う小学校の近くには、誰にも使われていない古い電話ボックスがあります。

夕方五時、その電話ボックスに入って受話器を耳にあてると、あきとくんという男の子につながるのだそうです。あきとくんにおねがいごとを言うとかなえてくれるといううわさでした。

Rちゃんは同じクラスの気になっている男の子ともっと仲良くなりたいと思い、ある日の夕方、その電話ボックスで受話器を取りました。

しばらく待ってみてもなにも聞こえず、がっかりしましたが、とりあえずおねがいごとを言いました。

電話ボックスの外に出ると、冬なのに半そで半ズボンすがたの男の子が立っていました。

Rちゃんが「あきとくん?」と聞くと、その男の子はとても大きな口を開けました。

それっきり、Rちゃんは行方不明になってしまったそうです。

Kからのメール

お世話になっております。

Kです。


この間はありがとうございました。

そちらは落ち着かれましたか？

新人くんの件は本当に残念です。

くれぐれもご無理なさらないようお願いします。

こんなときにご連絡するのもどうかと思ったのですが、
以前お会いした際にご依頼いただいておりましたので、メール差し上げました。

ご連絡したのは、編集長だったSの件です。

あのあと、Sが退職するときに私たちに送ってきた引き継ぎデータを調べてみました。
●●●●●に関してのものがいくつか見つかりましたので、お送りしますね。
彼も●●●●●について調べていたようです。

正確にいうと、彼が調べていたものは別のもので、その過程で●●●●●に行き着いたようですね。

内容は読んでいただければおわかりになるかと思います。

関連するファイルがまとめられていたフォルダ名につけられていた日付が退職時期の直前だったので、どうやらSの最後の仕事だったと思われます。

彼がこれらをどのような記事にするつもりだったのかはわかりませんが。


私も少し気になったもので、今も働いている同期だった人事部の人間に改めてSのことを聞いてみました。

もう時効だからという話で教えてくれたのですが、Sが辞めた理由は、奥さんだったようです。

なんでも奥さん、突然心の病を患ったらしくて、その介護のために退職を決めたようでした。

相当調子が悪かったようで、職場に妙な電話をかけてきたり、手紙を寄越したりしていたようです。

おかしな連絡は編集部では日常茶飯事だったもので、私も当時はそれがSの奥さんだとは気づいていませんでしたが、事務のアルバイトの子たちの間では有名だったようですね。


色々と方針の違いがあったとはいえ、同じ編集部の仲間なのだから相談してくれてもよかったのにと個人的には思います。

何かサポートできたかもしれないのにと。今更ですね。

Sの現在については人事部の同期もわからないようです。

退職の旨を伝えられたとき、Sはかなり思いつめた様子で、今後のことを聞ける雰囲気ではなかったようです。

これを聞いたとき、私はあなたと新人くんのことを思い出さずにはいられませんでした。

お送りしておきながらではありますが、本当に心配です。

私たちはエンタメを提供するメディアの人間であって、刑事ではありません。くれぐれも深入りなさらぬよう。

お電話つながりませんでしたので、メールにて失礼いたします。

こちらご確認いただけたら、折り返しくださいませ。

草々

某月刊誌　２０１２年１０月発行掲載

短編「見えたもの」

【Sの引き継ぎファイル『石についてｰ1』より】


Aさんは開口一番、こう言った。

「俺の友達が見たものの話なんですけど」


Aさんの通う大学は関西にある。

全国的にそこそこ名の通った私立大学であり、進学を機に地方から出てくる学生も多いなか、Aさんはいわゆる地元組だった。

高校時代成績が良く、上京するという考えもなかったAさんは周りの同級生がそうであるように、ある種当然の流れのようにその大学への入学を決めた。実家から通える距離ではあったものの、親の仕送りを受けながら人生初の一人暮らしを謳歌していたという。

「地方から出てきたヤツは覚悟決めて来てるっていうか、みんな真面目なんですよね。なんとなく大学に通ってるような俺からするとちょっとノリが合わないっていうか。だから、自然とつるむのも、地元が関西のヤツが多くなりました」

Aさんは学内ではよく地元組の二人と行動をともにしていた。

仮にBさん、Cさんとしておこう。

「最初はBとよく一緒に講義を受けたり昼飯食ったりしてました。深い話をするような友達ではなかったんですけど、ノリも良かったし。俺の学部は陰キャが多かったんで、消去法で仲良くなったっていうのもありますね。それがある日、Bがいきなり女の子を連れてきたんです。その女の子がCでした。サークルの友達って話でしたけど、一目でわかりました。あ、こいつらそのうち付き合うなって」

いざ話してみると、Cさんはよく笑うかわいらしい女性で、Aさんとも気が合い、三人グループになるのに時間はかからなかったという。

昨年の夏のこと。午後の授業をサボっていつものように学内の食堂でだらだらと三人で話をしているとBさんが提案した。

「今日夜景を見に行かないかって。Bは実家から通っていて、家族で使ってる車があったんです。最近免許を取ったばっかりっていうのもあって、運転の練習がてら付き合ってよって話でした」

Bさんが行き先としてあげたのは、地元の人間なら知っている穴場の夜景スポットだった。

大学から車で1時間ほどのその場所は、特に展望施設があるわけでもなく、レジャー誌などでも紹介されていないが、山を越える車道の脇に設けられた広場からふもとの夜景が一望でき、地元のカップルのデートや走り屋の休憩場所に使われることが多かった。

「俺もCもノリノリだったんですけど、俺がその日バイトだったんで、一旦解散して、終わった時間にBに迎えに来てもらって出発しました」

バイト先の飲食店の前に横付けされた車は軽のワンボックスで、運転席の窓からはBさんの笑顔がのぞいていた。先に後部座席に乗っていたCさんに誘われ、Aさんも並んで座ると車は出発した。

日付が変わろうとする頃だったという。

「次の日の1限は出席しなくてもいい授業だったし、深夜のノリで行きの車はかなり盛り上がりました。Bが借りてきたCDを爆音で流しながら歌ったりして」

その場所に到着した頃には午前1時を過ぎており、平日の深夜ということも手伝い、Aさんたちの車以外は姿が見えなかった。


広場に車を止めたAさんたちは夜景をバックに写真を撮影したり、柵にもたれかかって夜景を眺めながら他愛もない話をしたりしつつ、非日常を楽しんだ。

「最初は三人で話してたんですけど、俺がタバコを取りに車に戻ってる間に二人がなんだかいい感じになってたんですよ。腹は立ちましたけど、一応空気を読んで、二人のところへ戻らずに車のそばで一服してました」

夜景をバックに語らう二人のシルエットをAさんは苛立ちながら眺めていた。

Bさんが距離を詰め、Cさんと肩が触れそうになるほど近づいたとき、不意にCさんが顔を背け、何かに気づいたように指をさした。

「広場の端のほうを指さしてたんですよね。それに気づいたみたいにBもそっちのほうに身体を向けて、二人で何かを話しているようでした」

その広場は車の駐車スペースと展望スペースを兼ねたような場所で、端には申し訳程度の休憩場所があった。

「あずまやっていうんですかね？　小さい屋根があって、その下に向かい合うように四角くベンチが並べられてるみたいな。Cが指さしてたのはそこでした。あいつら、俺がいない間にあの下でイチャイチャするつもりなのかなって思いましたよ」

案の定二人はそこに向かって歩き始めた。遠くにその影を見つめながら舌打ちをし、Aさんは二本目のタバコに火をつけて、スマホに目を落とした。

「しばらく携帯いじってたんですけど、急に『うおっ』みたいな大きな声が聞こえて、驚いてBたちのほうを見たら二人がこっちに向かってすごい勢いで走ってきてました。泣きそうな顔で」

Aさんは二人が走ってきたあずまやの方向に改めて目を向けた。遠くの暗がりに目を凝らすと、そこに奇妙なものが見えた。

驚いたAさんが二人に話しかけようとしたが、Bさんは「いいから早く車に乗れ」と叫んだ。半ば押し込まれる形で後部座席に乗り込むとCさんも隣に乗り込み、車が急発進した。

車が広場を抜けたタイミングで、Aさんが今見たものを話そうとすると、隣に座るCさんが急に大きな声で叫んだ。

「黙って！　話さないで」

そんな風に怒鳴るCさんを初めて見たこともあり、Aさんは呆然と黙り込んだ。

運転席のBさんも戸惑っているようだった。


車は猛スピードで山道を走行している。車内に異様な静寂が広がるなか、それは聞こえ始めた。

「車の外からです。悲鳴にも笑い声にも聞こえる変な声でした。それが山道の両側の林からずっと聞こえてくるんです。車についてきているみたいでした」

車内にいても十分に聞こえるほど大きいその声は一人ではなかった。大勢の人間が口々に様々な声色で叫んでいるようだった。


「キャーキャー」

「ケケケケケ」

「アハハハハハハ」

「ククククク」


動物の鳴き声かとも思ったが声の種類の多さがそれを否定していた。老若男女がでたらめに叫んでいる想像をしてしまったという。

恐怖におののくAさんの横でCさんがつぶやいた。

「見つかっちゃった。どうしよう」

それをきっかけにBさんが感情を爆発させた。

「なんなんだよ！　この声も！　あいつらも！」

Bさんの言葉に疑問を感じたAさんが口を開こうとすると、Cさんが黙ってそれを制止した。

そして、Bさんに話しかけた。


「Bは何か見たの？」


ハンドルを握りながら、苛立ったようにBさんは答える。

「何って、Cも見ただろ？　お前が『何か見える』って言うから一緒に見に行ったんだろ！　台みたいなのに載せられた変な石の周りで、何人も人がいたじゃねえか。飛び跳ねながら、何か言ってただろ？」


外の声は最前より大きくなっている気がした。

切羽詰まった様子で、Cさんは質問を重ねる。

「言ってたって、何を？」

Bさんは少し戸惑ったように答えた。

「Cにも聞こえただろ。よくわからない呪文みたいなの。えっと、るきえむ…………」

Bさんが聞いたであろう呪文のようなものを口にし始めたところで不意に言葉が途切れた。

続きを促したが、一向に返事がない。

バックミラー越しにBさんの様子をうかがうと、無表情で口を閉ざしている。

先ほどまでの焦りや恐怖をまるで忘れてしまったかのように、全くの無表情でハンドルを操っている。

依然として車外からはでたらめな声が大きく聞こえている。今や車のすぐそばで聞こえているほどの大きさだった。

不意に、Bさんの手がカーオーディオを操作し、再生ボタンを押した。

流れ始めたのは、行きの道中にCDを挿入して再生していた流行《はや》りのJ－POPだった。ボリュームをそのままにしていたせいで、すさまじい音量が車内を包む。

車外から聞こえる大勢の声と車内のオーディオから響く大音量が合わさって、音の洪水が地獄のようだったという。

Aさんがなんとか状況を理解しようと隣のCさんの様子をうかがうと、Cさんの表情もひきつっていた。

「ほら、みんな聞いて。一緒にくぐろう。ほら！　ほらほらほらほら！」

Ｂさんが突然大声を張り上げ、Ａさんの肩は大きく震えた。

「Ｂがそう言ったあと、音に負けないぐらいの大声でお経みたいな、呪文みたいなのを叫び始めたんです。延々と。後部座席からはあまり聞き取れませんでしたが、その唱え方も、暗記したものを唱えてるっていうより、何かに合わせて唱えてる感じで。そのとき直観で思いました。Ｂには音楽じゃないものが聴こえてるって」

耐えきれない様子でＣさんが泣き始めた。Ａさんもほとんどパニック状態だった。

Ａさんは何かを叫び続けるＢさんの腕を後ろからつかみ、大声で呼びかけた。しかし、その声すらも様々な音でかき消されてしまう。

ＡさんがＢさんの腕を力任せに揺さぶったとき、車が大きく蛇行した。

反射的に身をかがめると同時に、車は急停止した。

恐る恐る窓から外の様子をうかがうと、車は山道のセンターラインを大きくはみ出し、斜めに停止していた。

そのとき初めて、林から聞こえる声も車内の音楽も、Ｂさんの声もやんでいることに気がついたという。

その後、Bさんは正気に戻ったようになにごともなく車を発進させた。

車の中も外も、先ほどまでの喧騒が嘘《うそ》のように、静寂が広がっていた。

Aさんは最前のできごとについて、どういうつもりだったのかをBさんに問うた。

「ああ、なんかちょっと変な感じになっちゃった。ごめんごめん」

こともなげに答えたという。

「その日はなんとか家に帰れました。でも、次の日からBがなんか変になったんです。人が変わったってほどでもないんですけど。大学でいつもみたいにつるんでても、違和感があるっていうか。普通に受け答えはするんですけど、急に無表情になったりするようなことが増えて。Bの中身の一部分だけがどこかにいっちゃったような感じでした」

そんななか、Bさんは今まで所属していたサークルを突然辞め、学外の怪しげなスピリチュアル系のサークル活動に精を出し始めた。そうするうちに、大学に顔を見せることも少なくなった。これも、今までのBさんからは考えにくい行動だったという。AさんとCさんも熱心に勧誘を受けたが、不気味に感じて断った。

いつしか二人は、Bさんから距離を置くようになったという。

「やっぱり、あの夜に見たもののせいなんですかね？　Cは、少しだけ霊感みたいなものがあるらしくて、車の外から声が聞こえたとき、何も見なかったふりをしようって思ったそうです。そうすれば、逃げられるかもしれないって。俺も、あのときに見たものを言わなくて本当によかったって思います。俺にも見えてたんですよ。Bに見えたものとは別のものが。遠目だったのと、暗かったのでぼんやりとしか見えませんでしたけど、あれは石じゃなかったです」

石ではないなら、Aさんには何が見えたのか。問いかけると、首を振りながら答えた。

「言いたくありません。言って気づかれるのもいやじゃないですか。Cにはまた、別の何かが見えてたのかもしれませんが、それについてはお互い何も話さないようにしてます。この話はあくまで、俺の友達が変なものを見て、変になった話です。俺たちはそこに居合わせただけってことにしてるんです」

秘密の共有は二人を親密な関係にした。

このできごとからほどなくして、Aさんは Cさんから告白を受けた。

現在、二人は付き合っている。

『近畿地方のある場所について』

4

「僕、ここまで来たら一度●●●●●に行ってみようと思います」

小沢くんは言いました。
私はもちろん止めました。
でも、彼は行ってしまいました。

2か月後、彼は死にました。
●●●●●で見つかりました。

皆さんに嘘をついてしまって本当にごめんなさい。
『近畿地方のある場所について』はこれでおしまいです。

読者からの手紙 3

・1通目

×××さん

お久しぶりです。
○○○○です。
わたしのこと、覚えていますか？

この間、引き出しを整理していたら名刺が出てきたので筆をとらせていただいた次第です。
どうしてもお伝えしたいことがあるのです。

あなたは散々私を、あの子を侮辱しましたね。
あのときのことは思い出したくもありません。
でも、あなたには忘れたとは言わせません。
全てあなた方マスコミのせいです。

あたかも同情するかのような顔で近づいてきて、
あんな仕打ち、わたしをより高みに導く試練と思って耐えましたが、それでもあなたの罪が消えるわけではありません。

あなたは償いをすべきです。
もう一度、わたしに話を聞きにきなさい。
今度はわたしの言う通りに広めなさい。

内容は今は伏せます。
どうせここに書いてもあなたのような低レベルな人間には理解できないでしょう。
わたしはあの子を救い出したのです。
ただ、あなたが広めることで、それを見て理解できる人もいるはずです。
なにしろこんな素敵なこと、そうそうないのですから。

とにかくわたしに連絡をしなさい。
必ず。
待っています。

＊＊＊＊＊＊

・2通目

×××

どうして連絡をしてこない
お前は自分の罪を認めろ。
もう少しだけ時間をあげるから、
必ず連絡をしてこい

＊＊＊＊＊＊

・3通目

×××

これが最後です。
連絡をしてこい

＊＊＊＊＊＊

・4通目

×××さん

こんにちは。
全くお返事をいただけませんね。
まあ、それももういいでしょう。
私はより高みに到達することにしたのです。
あなたのチャクラも開いて差し上げます。
感謝の心を忘れぬよう。

わたしを見つけてくださってありがとうございます。

※末尾に他部署編集部によるものと思われる手書き
「Oさん、前にこっちの週刊誌で取材した●●●●●の事件の電波女からの手紙です。オカルトならそっちのほうで取材どうすか?(笑)」

某月刊誌　2014年12月発行掲載

短編「カラオケ」

【Sの引き継ぎファイル『石についてー2』より】

長崎で会社員をしているAさんは、今年の盆休みに参加した高校時代の同窓会で奇妙な体験をした。

地元で社会人として働き始めて3年、長崎を離れた友人も多く、連絡を取り合うことも少なくなったAさんにとって、同窓会は旧交を温める良い機会だった。

「案の定、大盛り上がりでした。たった3年とはいえ、僕と違って結婚をしてたり、都会でバリバリ働いてたりでみんなけっこう雰囲気も変わっていて、最初は複雑な気分だったんですけど、しばらく話すとやっぱり高校の頃と根は全然変わってなくてうれしかったです」

飲み屋を貸し切りにして開催された1次会がお開きになり、一行は2次会のダーツバーへ移動した。人数は半分ほどに減っていたものの、その頃には皆酒が回っており、学生時代に戻った気分で盛大に盛り上がったという。

「2次会が終わった頃にはもう12時も過ぎていました。タクシーで実家に帰る子も多かったんですけど、僕は当時仲が良かった四人と『朝まで飲もうぜ』って言って、移動することになりました。でも、その時間だともうお店は全然開いてなくって。だから、24時間営業のカラオケに行くことにしたんです」

Aさん一行が向かったカラオケは長崎の繁華街にある、チェーン店だった。

酔っ払いを見る目をした迷惑そうな店員に部屋番号を告げられ、Aさんたちは部屋になだれ込み、歌いだした。

「もうみんなベロベロでしたから。アニソン熱唱して、涙流すほど笑って。最高でした」

しかし、そんなテンションが長く続くはずもなく、3時を過ぎた頃から机に突っ伏してダウンするメンバーが現れ始めた。

「他のヤツらはみんな上京組でしたから、長旅で疲れてたっていうのもあるんでしょう。最後まで起きてたのは僕だけでした」

一人では歌う気にもなれず、しばらくスマホをいじっていたが、いつしかAさんもまぶたが重くなってきた。

「自分では寝てしまった感覚はなかったんですけど、頭がガクッとなって、あ、今寝てたなって気づきました」

Aさんが目を覚ましたときも変わらず他の三人は寝ていた。酔いで意識がはっきりしないまま、スマホで始発までの時間を確認していたAさんは部屋の様子がおかしいことに気がついたという。

「部屋が静かだったんですよね。カラオケって、曲を入れてないときでも画面には新曲のPVとかレコード会社が売り出してるアイドルのインタビューがうるさく流れてるじゃないですか。僕が居眠りする前もそうでした。でも、目が覚めたときは部屋が無音だったんです」

目線をモニターに向けたAさんは、そこに奇妙な映像を見たという。

「妙に画質が粗いっていうか、ひと昔前のホームビデオみたいな雰囲気の映像でした。色んな人が黙って立ってたんです」

照明が落ちた暗い室内で、Aさんはその映像に見入ってしまった。

それは、集合写真を思い起こさせた。林のような背景に、妙なものを真ん中にして、十人ほどの男女が横一列に並んでいる。男女は老人もいれば、小学生にも満たない子どももいる。服装も様々で、スーツ姿の者もいれば、野良着のようなものを着た者もおり、雰囲気も年代もばらばらだった。皆、一様に感情の全く読み取れない無表情でこちらを見つめていたという。

画面のセンターには腰ほどの台座が置かれ、その上には座布団のようなものの上に大きな石が載っていた。

「修学旅行で大阪に行ったときに、ビリケンさんの像の両サイドに並んで、仲良しのメンバーと写真を撮ったことがあったんです。それを思い出しました。観光スポットでの記念写真みたいな。でも、みんな全然楽しそうじゃないんです」

誰も微動だにしない映像に、初めは静止画が流れているのかと思ったという。ただ、しばらく見つめていると、背景に映る木々の葉が揺れていることに気がついた。
「ホラー映画か何かの予告編なのかなって思いました。ずいぶんせめたプロモーションだなあって。何分か見てても全然誰も何も言わないですから」
Aさんが飽きかけたそのとき、不意に画面の中の一人が言葉を発した。

「あなたもくぐってください」

Aさんが驚いたのは、その言葉ではなく、話した人間以外の様子だった。
「みんな、その人が話すのをきっかけに口を目いっぱい開いたんです。無表情のまま」
今度は別の人間が話した。

「ここへ来てください」

その間も、それ以外の人間は口を大きく開き続けている。
また、別の人間が話した。話しているのは、幼い子どもだった。

「そうしないといけないのです」

卒業式で見られる卒業生の言葉のような一言ずつのスピーチが行われているようだった。

「僕、霊感とかはないんですけど、そのときは全身に鳥肌が立ったんです。これはいけないものだって」

とっさにモニターに走り寄り、ボリュームのつまみを最小まで絞った。モニターの画面も切ろうとしたが、焦っていたAさんはどれがモニターのスイッチかわからなかった。

「とにかくどうにかしなきゃと思って、部屋の子機でフロントに電話をかけたんです」

しばらく呼び出し音が鳴るが、一向に応答がない。その間も、Aさんの目は見たくもない映像に吸い寄せられていた。音こそ聞こえないものの画面の中の人間は変わらず、一言ずつ何かを話し続けている。

10コール以上待って、ようやくガチャッと子機が取られた気配があった。

「早く来てください」

老人の声が子機から聞こえた。

画面の中でも老人が何かを話していた。その口の動きと子機から聞こえた言葉は完全にリンクしていた。

とっさにAさんは部屋から飛び出したという。

「自分でもなぜそうしたのかはわかりません。でも、これ以上ここにいたくなかったんだと思います。」

個室のドアから廊下に飛び出したとき、Aさんは動けなくなった。

長い廊下の左右に奥まで並ぶ個室のドア、その全てが半開きになり、頭だけを出したいくつもの無表情な顔がこちらを見つめていたという。

「男も女も小さい子も老人もいました。全員がまるで僕が出てくるのを待っていたみたいにじっとこっちを見てたんです」

立ちすくむAさんを見つめながら全員が口を大きく開けた。

Aさんは今飛び出した個室の中に再び飛び込んだ。

「半泣きでみんなを起こしました。でも、そのときにはもう画面に普通の映像が流れてて。僕があんまりにも焦ってるもんだから、みんなもびっくりしてました」

友人の一人がフロントに再度電話をかけたが、「故障ですか?」と面倒そうな応対だった。

「始発まではまだしばらく時間があったんですけど、すぐに出ようってみんなに言いました」

夜明け前の薄明るい空の下、カラオケを出て静まり帰った繁華街を四人で歩いた。Aさんは先ほどあったことを詳しく全員に説明した。

Aさんの話が終わるか終わらないかのタイミングで全員の携帯が鳴り出した。

「電話がかかってきたんです。同じ電話番号から。おかしいですよね。同時に電話をかけてくることなんてできるんでしょうか。それに、朝の4時過ぎですよ」

誰も、その電話を取らなかった。着信音は長い間鳴り続けていたという。

「あとで履歴に残ってた電話番号をネットで検索しました。関東の老人ホームのあった場所からでした。ちょっと前に集団自殺でニュースになってた場所です。あそこから呼ばれてたんでしょうか。電話に出なくて本当によかったと思います」

『近畿地方のある場所について』

4

小沢くんとの最後の会合も例の神保町のカフェで行われました。

席に着き、飲み物が運ばれてくると、彼はアイスのカフェラテに入れたガムシロップを混ぜながら話し始めました。

「僕の見解を聞いてもらえますか」

私は彼の話を聞くことにしました。

＊＊＊＊＊

以前も認識を合わせたように山へ誘うモノは女性に執着しています。「林間学校集団ヒステリー事件の真相」や「新種UMA　ホワイトマンを発見！」からわかるように山へ誘うモノ本体はあくまで山からは出ず、なんらかの影響を受けた男性を使って女性を山へ誘い込んでいます。誘い込んでいる男性たちが生きているのか、もうすでに死んでいるのかはわかりませんが……。

以前から薄々感じていましたが、誘い込む目的は女性、なかでも比較的若い女性を「嫁」にすることでしょう。これが、僕たちの「嫁」の概念と同じかはわかりませんが。

ひょっとして、山へ誘うモノは嫁を差し出させるための男性や、自らが嫁になった女性の「肉体」をダムへ飛び込ませているのではないでしょうか。

それが原因であのダムは自殺スポットになっている……。

そう考えると、「実録！　奈良県行方不明少女に新事実か？」の少女も発見されていないだけで、ダムのどこかに沈んでいるのかもしれません。

ただ、「浮気」のエピソードにあるように、人形を身代わりとして差し出すことで、嫁になることからは逃れられるようです。「新種UMA　ホワイトマンを発見！」や「待っている」のように、身代わりがなくても生きている例外はあるみたいですけど。

小学校で流行っていた『まっしろさん』と『ましろさま』についてですが、これは山へ誘うモノの影響を受けたマンションに住む子どもたちが、小学校でそれを遊びとして広めたものでしょう。山へ誘うモノが巨大な白い姿をしていることから『真っ白さん』『真白さま』とも読み取れます。「浮気」で書かれている身代わりを差し出すという点も共通していますし。

＊＊＊＊＊

ここまで話すと一呼吸置き、彼は言いました。

「もう少しです。もう少しな気がします。赤い女やシールのことも含めてまだわからない部分は多いですが、もう少しで全部つながっていい特集になりそうなんです」

その勢いのまま、彼は続けました。

「僕、ここまで来たら一度●●●●●に行ってみようと思います」

私はもちろん止めました。

でも、彼は行ってしまいました。

2か月後、彼は死にました。
●●●●●で見つかりました。
皆さんに嘘をついてしまって本当にごめんなさい。

『近畿地方のある場所について』はこれでおしまいです。

インタビューのテープ起こし　3

はいはいこんにちは。はじめまして。

そうね……。じゃあ、このアールグレイのホットをいただくわ。


あなた、Oくんとは面識がないんですってね。

聞いたわ。彼の元同僚のKさん、だったかしら？　彼のお仕事仲間だったとか？

Oくん、急に電話を寄越してくるんだから。私たちが何年も前に取材した●●●●●について調べてるライターがいるって元同僚から相談を受けたから、話をしてあげてくれって言うじゃない？

まあ、私も新作のアイデアに行き詰まっていて、何かヒントをもらえるかなと思ったので引き受けさせていただきましたよ。


あなたライターをなさってるんでしょ？　出版不況でお互い大変よねえ。私もここ最近は初版部数下げられっぱなしで大変よ。こんなおばあさんは早いとこ引退しろってことなのかしら。あらあら、冗談よ、気にしないで。ふふ。


Oくん？　私は彼が前の会社で文芸の編集部にいたときに一緒にお仕事をしていたから、けっこう長い付き合いになるわ。もう20年ぐらいになるんじゃないかしら。

とはいっても数年で彼は異動になって、ええっとなんだったかしら、ほら、あの、ホラーの。そうそう。○○○○編集部に行っちゃったから。そこからしばらくはやり取りがなかったわね。私に発注するぐらいの原稿料の用意はなかったみたいね。ふふ。

それが、彼が今の出版社の文芸部に転職してからまたお仕事を一緒にするようになったのよ。まあ、この業界も狭いからねえ。ご縁は大事にしないと。

あ、そうだったわ。あなたも○○○○の取材で調べてるんでしょ？　●●●●●のこと。あれって、今は月刊なの？　え？　不定期刊行なの？　世知辛いわねえ。


えっと、なんだったかしら。そうそう。●●●●●ね。

私の本、読んでいただいたことはおありかしら？　まあうれしい。ありがとう。

だったら話が早いんだけど、私の小説、ホラーをテーマにしたものが多いじゃない？

何十年も続けさせてもらって本当にありがたいことよね。

えっと、確か20年ぐらい前だったかしら。当時新米、とはいってもやっと一人立ちできたぐらいの文芸編集のOくんが、前任から引き継いで私の担当になったの。

Oくんと次回作の相談をしていたとき、児童書の編集部からもオファーをいただいたのよ。

学校の怖い話をまとめた児童書の企画があって、子ども向けとはいえ、子どもだましなものにしたくないから、ぜひホラー作家である先生にお願いしたいって。

そのときOくんと考えていた次回作のアイデアが「噂の伝播《でんぱ》」をテーマにした小説でね。

どうせなら、次回作のテーマを「小学生による怪談の伝播」にして、その児童書の取材と一緒にしちゃおうってことになったの。

まあ結果的に、Oくんと考えていた次回作は違う方向性の話になったから、その取材はあまり関係なくなってしまったんだけどね。それはそれで面白い作品に仕上がったからご興味があればまた読んでちょうだい。

ごめんなさい。その話は置いておくとして、私自身、児童書は書いたことがなかったし、子ども向けの本を作るには子どものことを知らな過ぎたから実地調査をしようという話になったの。

児童書の編集部のツテで、関東と近畿の小学校3校に話をつけてもらって、実際に出向いて、生徒に取材をしたの。取材には私とOくんが行ったわ。文芸の編集者も一緒に行ってもよかったけど、あんまりゾロゾロ行ってもあれじゃない？


そのなかのひとつが、●●●●●にある小学校だったのよ。


ところであなた、幽霊って信じるかしら？　そう。なるほどね。

私？　私は、そうね、ホラー作家してるのに意外って思われるかもしれないけど、幽霊は信じてないわ。

これは長年ホラー作家として培ってきた経験からくる私の持論なんだけど、幽霊って人の恐怖心が生み出すのよ。

もともと幽霊という存在がいて、それを見てしまった人が語ることで怪談が生まれるわけじゃないの。

小学校の理科室で夜な夜な人体模型がダンスを踊ってたらそれこそ大事件よ。

例えば、そうね。もともと、小学校の中に理科室という、普通の教室とは違う特別な空間がある。そういう教室は得てして特別棟のような場所にある。当然特別棟は通常教室に比べて人通りが少ない。人通りが少ないと、何かのきっかけで自分がそこに行くとき、少なからず不安や恐怖を感じる。恐怖の正体がわからないということは、それ自体が恐怖を大きくする。その漠然とした大きな恐怖感を共有するために、踊る人体模型というでたらめの共通認識を作り上げるわけね。


今の例では、場所をあげたけれど、恐怖の対象はなんでもいいの。

一時期話題になった人面犬も一説では、子どもたちの野良犬に対する恐怖心でその情報が広まったと言われているわ。

野良犬自体を怖がってももちろんいいのよ。でも、子どもたちのなかには当然家で犬を飼っていて野良犬をあまり怖がらない子もいる。そんな子に野良犬が怖いといっても理解してもらえない。だから、自分の抱える恐怖を他者と共有するための共通認識として、マスコミが流す人面犬が爆発的に広まったのかもしれないわね。

人面犬が全国で流行《はや》ったように、恐怖の対象ってある種全国共通なの。だから、だいたいどの学校のトイレにも花子さんが出るし、病院の霊安室には死者の霊が出る。そういうものなのよ。

恐怖の対象が全国共通であるのと同時に、時代を超えて、名前を変えて語られ続けることもあるわ。

メリーさんは固定電話がなくなった今、携帯に電話をかけてくるし、メールで連絡をしてくることもある。それはもう、メリーさんという名前ではなくなっているのかもしれないけれど、「相手の顔が見えないコミュニケーション」に対しての漠然とした恐怖は時代を超えて残り続けているわけね。

山、川、海についての怪談が時代を問わず多いのもそういう理由ね。人間の力では制御できない自然に対する恐怖が、その時代に合わせた様々な名前を得て語られているのよ。

ただ、一部例外はあるわね。

ごく狭い地域だけで知られるようなショッキングな事件が起こった場合、それは地域特有の怪談として語られるわ。●●●●●の小学校がまさにそれだったのよ。

私が書いた「学校のこわい話」シリーズの、「ある学校の九ふしぎ」と「学校のまわりのこわい話」の中の2話が●●●●●で聞いた取材をもとに作られたものよ。

そうそう。それね。懐かしいわ。もう目を通していただいているのね。

もともと、あとの2話は掲載予定はなかったんだけど、ありがたいことに1巻や2巻が好評で、シリーズが長引くと学校の中で起こった怖い話だけではネタがなくなってきちゃったのよね。だから、その巻で初めて学校周辺まで話を広げて書いたの。そのときに掲載したから、取材したときから掲載まで時差がずいぶんあるわね。

他の小学校で取材した内容と比べると、[redacted]は少し特殊だったわ。

取材当時から数年ほど前にその地域で起こった事件が、学校で語られる怪談に影響を与えていたのね。

読んでいただいた「ある学校の九ふしぎ」、あれは生徒数人にインタビューをして、共通するエピソードをお話にまとめたものなの。

生徒たちが話すもののうち、七つの怪談は言ってしまえばありがちな、大した特徴のないものばっかりだったわ。でも、必ず二つの怪談だけは最後に話すの。

不思議に思って訳を聞くと、この二つの怪談は最近学校で流行りだしたものだっていうのね。そう、もとから九不思議だったわけではなくて、七不思議だったものに最近二つが追加されて九不思議になったのね。

その二つの怪談っていうのが、「下校のチャイム」と「あきおくん」ね。

あとは、九不思議とは別に学校の外で起きる怪談として最近語られだしたという「ジャンプ女」と「あきとくんの電話ボックス」もあったわ。いえ、もうひとつあった。掲載はできなかったけれど。

私、かなり興奮したわ。小説のテーマにしようとしていた「小学生による怪談の伝播」にまさに立ち会えているわけだから。

怪談の発祥には漠然とした恐怖が関わっているという話はさっきしたと思うのだけど、当時の私も何に対しての恐怖が怪談を生むに至ったのかを突き止めようとしたのよ。


わかったのは、ある生徒とその親が自殺した事件ね。

当時の新聞記事のコピーもあるわ。取材メモに挟まってたの。几帳面だとこういうときに助かるわよね。ほら、これ。

亡くなったのは当時11歳だった○○あきらくん。そう『了』って書いてあきらくん。

母親のほうは新聞記事にはなってないけれど、あきらくんが亡くなってから1年ほどで自殺したみたい。


学校の生徒に聞いてみても、親からあきらくんの自殺のことは面白半分に話してはいけませんって言われてたみたいで、ほとんど話してはくれなかったわ。当然先生も、同じね。ただ、チャイムが数分遅れるのは本当にあるっていうことはわかったわ。


私たちは、近所で聞き込みをすることにしたの。適当な理由をつけて、買い物帰りの主婦とかに話を聞いて回ったのよ。そういうのはOくんが上手くて助かったわ。

話をしてくれた人のなかに、たまたまあきらくんの自殺現場を目撃した人がいたのよ。

その人は小学校の近くにあるマンションの住人で、その日も買い物帰りだったらしいわ。夕方のチャイムが鳴るなかで、マンションに続く坂道を買い物袋を提げた自転車を押しながら歩いていたら、マンションの敷地内にある公園に人だかりができていたんですって。

公園に植えられた背の高い木で子どもが首を吊っていたらしいわ。

その下で、母親と思われる女性が子どもの名前を叫びながら、我が子を降ろそうと半狂乱で手を上にあげて飛び跳ねていたっていうのね。

下校時刻だったこともあって、学校からマンションに帰ってきたたくさんの子どもたちがそれを取り囲んで見ていたそうなの。

その人は大慌てで駆け寄って、子どものなかの一人に大人を呼ぶように言いつけたあと、その他の子どもたちを家に帰したそうよ。そんなむごい状況、見せられないわよね。

パトカーと救急車が来るまで、母親は叫びながら同じことを繰り返していたみたい。降ろされたときにはもう子どもは生きているようには見えなかったみたいだけど。

警察にも呼ばれたそうよ。なにせ、小学生では届かない背の高い木で首を吊ったのに、台がなかったんですから。でも、しばらくしてその記事が掲載された新聞には、自殺と書かれていたんですって。

もう一人、詳しい話を聞けた人がいたわ。

今度は母親についての話ね。

自殺した親子は小学校の近くに住んでいたみたい。

子どもが生まれてすぐ、父親を亡くしたらしくて一軒家に親子二人で暮らしていたそうなの。

愛想はすごくいい人だったみたいなんだけど、少し変わっていたらしくて、宗教に入ってるなんて噂が立ってたみたいよ。だからといって特に大きなトラブルを起こすことはなかったそうなんだけど。

子どもが自殺してしまってからは近所で会っても相当落ち込んでる様子だったみたい。まあ当然よね。

ただ、何か月か経つと急に様子がおかしくなったらしいの。

街中で見かけると、とても気持ちが昂《たかぶ》ってる様子で、すごく元気に誰彼構わず話しかけたりしてたみたい。

まあ、週刊誌とかワイドショーでも不審な自殺として、他殺説とかいじめ説とか虐待説まで色々言われてたみたいだから、街のみんなも気の毒な女性として、あからさまに避けたりはしなかったみたいだけど。

そのうち、変なお札みたいな、シールみたいなのを貼りだしたらしいのね。自分の家の塀とか窓とかにびっしり。あるとき、ご近所さんが回覧板を持っていったら、玄関から見える家の中の壁や床や天井にもびっしり貼ってあったそうなの。

家にお札を貼る場所がなくなると今度は街中の電柱や町内掲示板とかにも貼りだして、しまいには、街の人にお札を配り始めたそうなのよ。

なんでも「大発見です！」とか「ご加護があります！」とか言ってね。

もう完全におかしくなっちゃったのよね。

それからしばらくして、家で首を吊って自殺しているのが発見されたそうよ。


さっき、掲載しなかった話があると言ったわね。

それがこの家の話なの。

そんなことがあってから住む人のいなくなった家は近所で「お札屋敷」なんて呼ばれ始めて、そこに赤いコートを着た女の霊が出るって。

その母親、よく赤いコートを着てたらしいのね。

さすがに現実にまだある廃墟のことは書けないわよね。それに、書こうと思うと実際の事件に言及し過ぎてしまう。倫理的にダメね。

だからお蔵入りにしたの。


実際に掲載した「ジャンプ女」も恐らくこの母親がモデルになって生まれた怪談だと思うわ。

描写はしなかったけれど、話してくれた子どもがみんな「赤い服を着てた」って言うの。それに、ジャンプをするというところも同じね。


あきらくんの怪談も、本当は掲載しようか迷ったんだけど、こっちはOくんと相談して掲載することにしたわ。「あきおくん」、「あきとくん」に名前を変えて。自殺した生徒である部分は削除して。

あきらくんの怪談については、少しだけ補足があるの。九不思議に盛り込むと複雑になっちゃうから、あくまで個別のお話として書いたけれど。

なんでも、あきらくんは「ましろさん」への身代わりにされたっていうのよ。

そうそう。学校の九不思議に出てきた「ましろさん」ね。

あれは、「牛の首」っていう怪談がもとになっていると思われるわね。知ってしまった人が全員死ぬから、誰も内容を知らないっていう。怪談は繰り返されるものね。

話してくれた生徒のなかで、今は卒業した兄がいる子から聞いたんだけど、その兄が言うには、あきらくんは身代わりにされて死んだそうなの。

その「ましろさん」に見つかってしまった他の生徒があきらくんを身代わりにして、そのせいであきらくんが死んでしまったんですって。

あきらくんの自殺の原因が一部ではいじめによるものじゃないかと言われていたから、その影響でそんな噂が生まれたのかもしれないわね。

あとは、もうひとつ、実はあの小学校で自殺した生徒は一人じゃないのよ。

私が話に聞いたなかではあきらくんの他にもう一人いたわ。

その件は、同時期に全国的に大きな事件があったのと、状況的に自殺以外考えにくかったから地元の新聞にひっそり掲載されたぐらいで、あきらくんのときほど大きくは報道されなかったみたいだけど。

女の子なんだけど、あきらくんが自殺した公園のあるマンションの屋上から飛び降りてるのよ。あきらくんの自殺の数年後に。自殺って続くものなのかしらね。

その女の子の怪談はないのかって？　ええ。ないわ。

あきらくんと違って目撃者が多くいたわけじゃないからあまり有名にならなかったというのもあるのかしらね。

ただ、その子が自殺した原因はあきらくんと友達になって、食べられたからじゃないかって言われていたわ。

食べられたのに自殺ってちょっとよくわからないわよね。まあ、噂なんてそんなものなのかしら。

あきらくんの自殺以降、「あきとくんの電話ボックス」の怪談は語られていたけど、自殺した女の子はその電話ボックスであきらくんにお願いごとをしちゃったんじゃないかって。

確かに、人が死ぬ度に怪談が増えてたら、学校の不思議の数がどんどん増えていっちゃうものね。

「ましろさん」とあきらくんの話にしても、もとからある怪談にくっつけて話すっていうのはある種合理的ではあるわね。あきらくんはそれとは別に、怪談として成立しちゃったみたいだけど。

あきらくんの話も、母親の話も、生徒たちの間で語られているおおまかなストーリーは踏襲しているけれど、話のディテールは脚色しているわ。

目撃者が行方不明になっちゃってたら、誰がその話を聞いたんだってなるもの。ふふ。


私が知っている●●●●●についてのお話はこんなところかしら。

聞きたいこと？　そうねえ……。新作のヒントをもらいたいなんて言ったけれど、実は私からあなたにお聞きしたいことはないわ。

私は同業者として忠告をしにきたのよ。

Oくんから少しだけ内容は聞いたわ。●●●●●について共通した怪談が全国で語られているみたいね。人も亡くなっている。それには私が話した女性と子どもについての話も関係があるとか。

それが本当だとしたらとても恐ろしい話ね。

いいえ、あなたのことを疑っているわけじゃないわ。

そうじゃないの。認識の問題よ。

私は今も、幽霊は信じていないわ。でも、この件についてはあまり深く内容を聞こうとは思わない。

理由？　簡単よ。私のこれまでの認識を覆らせたくないから。

もし幽霊がいることを認めざるを得ないような話をあなたから聞いたら、私はこれからどうやって幽霊に向き合えばいいの？

もし、仮によ、本当に幽霊、もしくはそれに似た何かがいるとして、これは少なくとも人間にとって害になるものね。コロナウイルスと同じかしら。

一旦関わりを持ってしまったら、無差別に攻撃を開始する。被害の程度も様々。とっても不条理なことね。

幽霊がそんなものだとするなら、私は今まで取材した怪談を書くことで読者に有害なものをまき散らしていたことになるわ。

いいえ、そんなことあり得ない。あってたまるもんですか。


その上で忠告したいの。

老人の戯言《ざれごと》と思って聞いてちょうだい。

信じていないものは、その人にとってないものと同じよ。

私は、幽霊を信じていない。

でも、あなたはこの件には幽霊が関わっていると思っている。

しかも、その正体を突き止めようとしている。

私がやろうとした、学校の怖い話のもとを突き止める作業と、やっていることは同じでも、目的が違うわ。

悪いことは言わないからおやめなさい。

有名なことわざで、「幽霊の正体見たり枯《か》れ尾花《おばな》」というものがあるわね。

幽霊の正体が枯れ尾花だったら一安心よ。でも、もしそれが枯れ尾花ではない何かだった場合あなたはどうするの？

私はジャンプ女と子どもの怪談に、親子が自殺したショッキングな事件への恐怖から生まれた噂話という枯れ尾花を見たわ。でも、あなたは何を見るつもりなの？


…………。そうなのね。やめる気はないのね？

わかったわ。そこまで言うならもう止めません。


じゃあ、私からもうひとつ、お伝えしておくわ。


実は私の知り合いのご家族も●●●●●のダムで亡くなったの。

確か6、7年前ぐらいだったかしら。殺人、になるのかしらね。

旦那さんが出版系のデザイナーだったの。まだとってもお若いのに素敵なデザインをされる方で、私の本の表紙も担当していただいたことがあったわ。長野の方だったんだけど、都内に出られたときは必ず編集者と三人でお食事に行ったりするぐらいには仲良くさせてもらってたわ。

その旦那さんが、奥さんと娘さんをダムに突き落としたんですって。

警察も色々調べたらしいけど、結局は無理心中目的で奥さんと娘さんを殺したけれど、自分だけ死にきれなかったんじゃないかってことになったみたい。

でも私そんなことは絶対ないと思うの。だって、奥さんも娘さんも本当に愛してらっしゃったから。

奥さんとの間になかなか子宝に恵まれなかったみたいでね。でも、奥さんと相談して養子縁組をしたって話してたわ。実の娘か、それ以上に愛してらっしゃったわ。お写真なんかもよく見せてくれて。かわいい女の子で。

この歳で独り身だと、なんだかお話を聞いてるうちに孫みたいに思えてきちゃってねえ。彼も、今度都内に来るときは一緒に連れてきますよなんて言ってくれてたのに……。

偶然にも、そういうことがあったわ。偶然ね。私はそう思っています。ただ、解釈はお任せします。

……ところで、あなたのほうはどう？　ご結婚はされてるのかしら？　ああ、お一人なの。そうよねえ、この業界は多いわよね。私も人のこと言えないんだけど。

え？　あら、そうなのね。離婚を。まあ、今の時代だと珍しくもないわよね。

ちゃんとご飯は食べてる？　一人だと面倒見てくれる人もいないから大変よ。その感じだときちんとしてないんじゃないの？　顔色良くないわよ。だめよ。コンビニに頼ってばかりじゃ。こんな怪談ばっかり追っかけてると気持ちも滅入るでしょう。よければ、私が知り合いの子を紹介しましょうか？　しっかりしたいい子なのよ。

あ、ごめんなさいね。ついつい立ち入った話を。歳をとると色々図々しくなっちゃっていやあね。

インタビューのテープ起こし　4

【Sの引き継ぎファイル『石について－3』より】

男性「不謹慎な質問などもあるかもしれませんが、本日はご存じのことを全てお話しいただければと思います」

女性「私が話せることは、警察にもマスコミにも何度も話しましたから、もうほとんどないですよ。今はあそこも閉鎖されてると聞いてますし」

男性「いいえ、今日おうかがいしたいのは、あの事件のことだけではないんです。実は、私こういった雑誌の編集をしておりまして」

女性「えっ？　えっと……これはどういう……？」

男性「ご覧の通りオカルト雑誌です。どうかお気を悪くなさらないでください。実は勤められていたあの老人ホームについて、妙な話を聞いたものでして」

女性「妙なというのは、お化けとかそういう？」

男性「はい。ですが、死者が出た事件を面白おかしく書き立てるつもりはありません。ただ、真実を読者に伝えたいと思っています」

女性「ああ、やっぱりそうなんですね。あれはやっぱり、普通の事件じゃなかったんですね」

男性「お心当たりが？」

女性「はい。でも、こんなこと話しても誰も信じてくれないと思っていましたから。私もお化けなんて信じていませんでしたし。誰にも話していません」

男性「そうですか。もちろん匿名性は担保させていただきますので、感じたこと、気づいたことを全てお話しいただければと思います」
女性「わかりました。……何からお話ししたらいいのかしら。Sさんは、この事件について、どこまでご存じですか？」
男性「報道されている内容についてだけです。老人ホームに入居されていた、認知症の方々による集団自殺と、それに巻き込まれた職員の方が亡くなったということぐらいしか」
女性「やっぱりそうですよね。まず訂正しないといけないのが、亡くなられたご入居者の方々は認知症だったわけではないです。大きく括られて『老人ホーム』と報道されてましたけど、私が勤めていたあの施設『とこしえスペース』はケアハウス、なかでも一般型と呼ばれる種類のものでした」
男性「そうなんですね。失礼しました。その、一般型のケアハウスというのはどういった施設になるのでしょうか」
女性「簡単にいうと、元気な高齢者向けの施設ですね。認知症や疾患といった介護を必要としない方のためのものです。特に持病がなくても、お一人で暮らすのに不安がある方もいらっしゃいますから、そうした方々の生活の助けを私たちがしながら暮らしていただく場所ですね」
男性「なるほど。勉強になります」
女性「といっても、私があそこで働いていたのは3か月ぐらいですが」
男性「どうして『とこしえスペース』で働こうと思われたんですか？」

女性「夫の転勤で神奈川に来て、私も日勤でパートに出ようと思ったんです。そのときに求人募集の広告を見つけました。できてからまだ間もないから、スタッフを増やそうとしてたんでしょうね。私の母も後期高齢者ですので、ゆくゆくは面倒を見ないといけないと思っていましたから、その勉強にもなるだろうと応募したんです。一般型は介護の資格がなくても応募できましたから」
男性「働き始めて、どうでしたか？」
女性「とてもいい環境でした。介護型はけっこう体力的にも精神的にもキツいらしいんですが、一般型は皆さん比較的お元気なので。まあ、慣れないうちは大変な部分もありましたが、先輩職員の方も未経験の私に手取り足取り教えてくださいました」
男性「そんな場所で、どうしてあんなことが起こってしまったんでしょう」
女性「多分、あれのせいだと思っています」
男性「あれ、ですか……。もしかして、石に関係していたりしますか？」
女性「えっ。ああ……やっぱり。その通りです」
男性「教えていただけますか？」
女性「あれは……あの石は、『とこしえスペース』に飾られていました。TVが置いてあって、入居者の方が自由に過ごしたり、みんなでイベントをしたりするレクリエーションルームにです。変な石でした。大きくてゴツゴツした黒い石が、台座みたいなものに載せられていました」
男性「それは祀られているような形でしたか？」
女性「いいえ、特にそういったことはないです。端から見たら、アート作品とか、何かの鉱石とかを飾っているような感じです。他にも受付には風景画を飾っていたりしましたから。施設長がアートを好きなのかなって。そんなだから、入居者のご家族も特に不審に思ったりはしていない様子でした」
男性「でも、あなたにとっては、変に見えたと」
女性「はい。だって危ないじゃないですか、そんな場所に飾っていたら。重いものでしょうし。普通は、入居者の方が万が一転んだ際に危険なものは置かないんじゃないかと不思議に思っていました」
男性「確かに、もっともな疑問ですね」
女性「まあ新人の立場で提言するのも気が引けたので、特にそれについてどうこう言ったりはしませんでしたけど。ただ、もっと変なことがあったんです」
男性「それは？」
女性「一部の入居者の方がその石に向かって、変なことをするんです」
男性「変なこととは、具体的には？」
女性「色々です。私の勤務内容には、日中のレクリエーションイベントの企画や開催などもありました。みんなで折り紙を折ってみたり、輪投げとかの軽い運動をしたり。そういうのは基本的に自由参加なんですが、そういうイベントに参加せずに、石のほうばかり気にしている方がいるんです。口を開けてじっと見ているだけの人もいれば、前に行って石にお辞儀をしてみたり、石を囲んで手をあげたり、なかには飛び跳ねたりする人もいました」

男性「他の職員の方は気にしていなかったんですか？」
女性「はい。それも変ですよね。けっこう忙しい職場ではありましたから、気にしている余裕がなかったのかもしれませんが。認知症ではないにしても、歳を重ねると多かれ少なかれ認識が曖昧になることもあるでしょうから、そんなものなのかなあって私も気にしないようにしていました」
男性「他には何かありましたか？」
女性「一度、先輩の職員が入居者の方と一緒になって石に向かって飛び跳ねてるのを見たんです。遊びに付き合うにしてもやり過ぎだろうと思って。その先輩とは別の先輩に聞いてみたんです。『前から気になってたんですけど、あの石ってなんなんですか？』って」
男性「その方は何か知っていましたか？」
女性「どうなんでしょう。『あれは、施設長が持ってきたんだよ』って。どこから持ってきたなんの石なのか聞くと『もとは●●●●●の山に祀られてた、特別でありがたい石なんだよ』って言われました。私、それを聞いたとき思いました。気持ち悪いって。もしかしたら、何か宗教絡みのものなのかもしれないって。判断力が落ちたご高齢の方にこっそり何かを布教してるんじゃないかと思ったんです」
男性「確かに気味の悪い話ですね。ご自身は勧誘をされたりしましたか？」
女性「いえ。特に何も。でも、なんとなくあの石については話題にすることを避けていました」
男性「石以外には何かありましたか？」
女性「はい。レクリエーションの時間によくテーマを決めてお絵描きをするんです。認知症予防にもなりますし。でも、決められたテーマを無視して変な絵を描かれる方がいました」
男性「それは、どんな絵ですか?」
女性「画用紙いっぱいに、鳥居の絵を。それだけを何枚も描くんです」
男性「描いた本人は何か言ってたんですか?」
女性「はい。本人といっても、一人ではなくて、何人もいたんですが、みんな口をそろえて『この中に入る方を探してるの』としか言わなくて……」
男性「それは不気味ですね」
女性「他にもあります。私と同時期に採用された子から聞いた話です。私は早番だったんですけど、その子は遅番専門だったんです。だからシフトが被ることもなくて、ほとんど話はしなかったんですけど、交代のタイミングで一度変なことを言われました」
男性「それは?」
女性「夜は当然、各自の部屋でお休みになる方が多いんですけど、何人かの部屋からおかしな声が聞こえてくるらしいんです。声っていっても、叫び声みたいな。『キャー』とか『ゲー』とか。慌てて駆けつけても、ドアを開けた途端にやんで、本人はぼーっと無表情で座ってるらしいんですよね。他には、念仏みたいなのを唱えてる声も聞いたらしいです」
男性「念仏というのは、どのようなものですか?」
女性「それはわからないですね。私もその子から聞いただけですし。でも、ブツブツ唱えてるっていうよりかは、朗々と響く声だったみたいです」

男性「その方は先輩に相談されなかったんですかね？」
女性「もちろんしたらしいですよ。でも『たまにうなされたり混乱したりする方もいらっしゃるから、あまり気にしなくていい』って言われたそうです。本人もちょっと不審がってましたし、それを聞いた私も、石のこともありましたから、不気味に感じました」
男性「不躾な質問ですが、あの事件以外でお亡くなりになられた方はいらっしゃいましたか？」
女性「はい。いました。私が働いている間に三人。皆さん特に不審なこともない老衰だったと聞いています。三人っていうのが多いのか少ないのかはわからないです。ご高齢の方の施設ですし。でも、気持ち悪いのが、全員石に興味を持っていた方だったんです。三人目でそれに気づいたとき、シフトを減らして次のパートを探すことにしました」
男性「事件が起きたときは、働かれていましたか？」
女性「一応。でも、ほとんどシフトは入れていませんでした。それに、事件が起きたのは夜でした」
男性「改めて、事件についてご存じのことを教えていただけますか？」
女性「私もその場にいたわけではないので聞いた話にはなりますが。遅番の先輩が見つけたらしいです。石の前に四人の入居者の方と職員の方が倒れているのを」
男性「どのような様子だったんでしょう」
女性「報道ではただ集団自殺って言われてますけど相当異様だったらしいです。みんな石に頭を打ちつけて血まみれで死んでいたそうです」

男性「それは……」
女性「職員の方が巻き込まれたっていうのは、その方だけ自殺じゃなかったんです。どうやら四人がかりでその方を羽交い絞めにして、石に頭を打ちつけて殺害したあと、今度は一人ずつ順番に自分で頭を打ちつけて死んだそうなんです」
男性「他の職員の方は気づかなかったんでしょうか?」
女性「それが、全く気づかなかったっていうんですよ。見回りから戻ってこないから捜しに行ったら五人が倒れてたって」
男性「考えにくい話ですね」
女性「そうですよね。それに、四人とはいえ、ご高齢の方がそんなことできるんでしょうか。そもそもそんなことをする理由があるんでしょうか。私が思い当たることといえば、全員があの石に興味を持たれていたということです。殺害された職員の方も、みんなと一緒になって石に向かって飛び跳ねていた方でした」
男性「警察には、その話を?」
女性「していません。関わりたくなかったですし。ただ、こんなおかしな事件ですから、ご存じの通り、相当捜査はしていたみたいですよ。結局は集団自殺とそれに巻き込まれた殺人ということになりましたから、そういうことにしたんでしょう。センシティブな話ですから、詳細に報道はされませんでしたし。それに、ワイドショーではこれをいいきっかけに老人介護問題がクローズアップされて、そればっかりが報道されてましたから。この事件は、事件自体じゃなく、社会問題ネタとして仕立て上げる材料として扱われたんでしょうね」
男性「同じマスコミ業界の人間として耳が痛い話です……。ところで、取材にご協力いただいた以上、私がどうやって石についての情報を手に入れたかお伝えする義務があるかと思います。お聞きになりますか？」
女性「いえ。けっこうです。私、これ以上踏み込むのは嫌なので。触らぬ神に祟りなしと言いますし」
男性「わかりました。本日はありがとうございました」

『近畿地方のある場所について』

4

小沢くんからの急な呼び出しを受けて、私は神保町のカフェへ向かいました。

席に着き、飲み物が運ばれてくると、受け取るなりアイスのカフェラテを一気に飲み干し、彼は言いました。

「僕の見解を聞いてもらえますか」

私は彼の話を聞くことにしました。

彼は山へ誘うモノについての見解を一通り私に話したあと、さらに続けました。

＊＊＊＊＊

インタビューをしてくださった、女流ホラー作家の××××さん、あの方の「学校のこわい話」シリーズにも赤い女と男の子のようなものが出てきましたね。いえ、男の子のようなものではなく、『あきらくん』でしょう。

このインタビューのおかげで、山へ誘うモノ以外の怪異の原因はだいぶ明らかになったと思っています。悲惨な真相ではありましたが。

僕がネットで見つけた「お札屋敷にまつわるスレッド」に出てくるお札屋敷は、赤い女とあきらくんがかつて住んでいた家でしょう。今はお札がはがされているようですが。スレッド主も書いている通り、「ドンッドンッ」と定期的に響く音も赤い女との共通点を感じます。

インタビューしていただいた「呪いの動画に関してのインタビューの当事者となった男性のその後の話」では、赤い女は男性に取り憑いたあと、なぜか一旦離れ、その代わりに男性はあきらくんをたびたび目撃するようになります。赤い女とあきらくんが親子関係にあるならそれも納得ができますよね。

以前もお話ししましたが、山へ誘うモノと違い赤い女は積極的に近づいてきます。見つけられたがってもいます。それにはあきらくんが関係しているのではないでしょうか。

僕も驚きましたが、この女は生前、僕の勤務先に手紙を寄越していたみたいです。

いや、赤い女が自殺したのがいつなのか、はっきりとはわからないので、生前というのは僕の予想ですが。ただ、文章から受ける全体的な印象は他と同じですが、まだ知性を感じるというか、ただの変人が書いた文章という気がします。

手紙の送り主が赤い女ではないかということに気づいたのは3通目の文末の「見つけてくださってありがとうございます」というフレーズに既視感があったからです。手紙の送り先は十中八九、子どもが自殺した事件を記事にするために取材をしたうちの出版社の記者でしょう。月刊○○○○の派生元の写真週刊誌○○○○がそうであるように、他部署にはそういったゴシップ記事を掲載する媒体もありますから。

Ｏさんは、「学校のこわい話」シリーズと××××さんの新作にあたって、社内で●●●●●で起こった自殺事件を取材した同僚がいないか聞き込みをしていたのかもしれません。それを聞いた他部署の同僚が、Ｏさんに自殺した子どもの親から送られてきた手紙を渡した。そして資料の山からそれを僕が見つけた、と。


他部署の製作したものというのもあって、まだ、該当記事が掲載されたバックナンバーは見つけられていません。今も探していますが。

大方、強引な取材をした挙げ句に取材対象を糾弾するような内容の記事に仕立て上げたんでしょう。だとしたら赤い女は被害者ですね。


被害者といえば、あきらくんもです。

作家の方のお話によると、あきらくんはましろさんへの身代わりになったということですが、これはマンションの子どもたちがしていたまっしろさんという遊びの身代わりになったということではないでしょうか。それを母親が見つけてしまった。そして二人もまた、怪異になってしまったのだと考えられます。

話の中では、ましろさんはもとから七不思議として小学校に伝わっていたようです。時系列でいうなら、恐らく山へ誘うモノであろうましろさんという話があって、マンションの子どもたちがそれをもとにまっしろさんを始めたのだと思います。そして、その影響で死んでしまったあきらくんとその親である赤い女の噂が広まった。そう考えられます。

ただ、山へ誘うモノとあきらくんの怪談には妙な共通点がありますね。

それは大きな口を開けるところと、身代わりを求めるところです。

厳密にいうと、山へ誘うモノが大きな口を開けている情報はありません。ただ、読者からの手紙と「心霊写真」についてはそういう描写があります。これらは恐らく、山へ誘うモノに関連した怪異だとは思いますが、一方で、「あきとくんの電話ボックス」でもあきらくんは大きな口を開けています。

身代わりのほうは、共通点はありつつも少し意味合いが違います。山へ誘うモノは身代わりは人形の場合が多く、その影響を受けたであろうまっしろさんという遊びでも、無機物を含めた身代わりを差し出しています。この遊びでは他者の命を差し出すことも身代わりにはなりえるようですが。ところが、あきらくんの場合は命を身代わりに、いえ、この場合は生け贄でしょうか。命を差し出すことでしか許されない印象があります。

異なる点でいうと、目的をもって動いているであろう山へ誘うモノとは違い、あきらくんは動機が読めません。というか、目的が命を奪うこと自体のようにも思えます。「学校のこわい話」シリーズのように、「食べること」があきらくんの行動原理なのでしょうか。

命を食べる、それが人間の場合は食べたあとの肉体を例のマンションから飛び降りさせる。山へ誘うモノがダムに飛び込ませたように。そういう解釈もできそうですね。

また、赤い女と同じく、取り憑いた対象がどこにいようとあきらくん自体がずっとつきまといます。これも山へ誘うモノとは違う点ですね。

これらを踏まえると、山へ誘うモノのせいで死んでしまったあきらくんという異なる怪異が、山へ誘うモノの特徴を一部引き継いでいると考えられそうです。

作家の方もおっしゃってましたし、実際に手紙にも書いてありましたが、赤い女は生前、スピリチュアル的な何かに傾倒していたようです。

例の「お札屋敷にまつわるスレッド」にも家にそういったアイテムが残されていましたし、仏壇が家にないみたいです。「オンライン医師相談サービスの書き込み」にも「見つけてくださってありがとうございます」との一文がありますが、同時に「高みからみなさんをみちびいてください」という一般的ではない表現があります。

この赤い女はある思想に基づいて、あきらくんに関係する何かを広めようとしていた。もしくは、あきらくんの存在、認識そのものを広めようとしていた。その手段のひとつとして『了《あきら》』という子どもの名前が書かれたシールが使われた。僕はそう考えています。

子どもであるあきらくんと同じく、赤い女と例の山、山へ誘うモノも、関係はありそうです。

例の「オンライン医師相談サービスの書き込み」には相談者の息子が保養所の廃墟に行ったという内容があります。これはもしかして、「林間学校集団ヒステリー事件の真相」に出てきた、山の西側にある建物ではないでしょうか。場所がはっきりと書かれているわけではありませんが、ご存じの通りあの廃墟は今も心霊スポットとして有名です。それ以外に、あの辺りには他に大きな建物の廃墟はありませんし。

あと、短編の「浮気」に出てくるましろさまを呼び出す儀式、この際の動きが赤い女をほうふつとさせます。ましろさまという交霊術がいつからあの小学校で流行っていたのかがわかりませんが、もしかして、赤い女があきらくんを降ろそうと必死に飛び跳ねる様子を見た子どもが、ましろさまの交霊術にその動きを取り入れた可能性もありますね。そうなるとましろさまに関しては因果関係が逆になりますが。


それからシールと編集部宛の怪文書のことなんですが――

＊＊＊＊＊

私が口をはさむ間もなく、また、私の反応など一切気にする素振りもせず、延々と一方的に話し続ける彼の様子は常軌を逸していました。

私が話を遮ってようやく話すのをやめた彼は、一呼吸置き、言いました。

「もう少しです。もう少しな気がします。まだわからない部分は多いですが、もう少しで全部つながっていい特集になりそうなんです」

その勢いのまま、彼は続けました。

「僕、ここまで来たら一度●●●●●に行ってみようと思います」

私はもちろん止めました。

でも、彼は行ってしまいました。

2か月後、彼は死にました。

●●●●●で見つかりました。

皆さんに嘘をついてしまって本当にごめんなさい。

『近畿地方のある場所について』はこれでおしまいです。

某月刊誌　２０００年８月号掲載

「辺境で見た異端、カルト教団潜入レポート」

1996年に小誌が報じた●●●●●のカルト教団を覚えているだろうか？

前年に起きた某宗教団体によるテロ事件を受け、その頃我々は全国のカルト教団について特集を組んで報じていた。新興宗教から、悪魔崇拝の集団まで様々な団体の実態を紹介してきた小誌だが、そのなかのひとつに、その教団はあった。


前回のおさらいも兼ねてその教団について紹介しておく。

1991年頃に設立された新興宗教で、「スピリチュアルスペース」と呼ばれるその教団は、一般的な宗教団体と異なり、教祖を持たない。

また、仏教系や神道系、キリスト教系とも異なるため、特定の神仏を崇めるということもない。

彼女たちが崇めるのは「宇宙」そのものだ。

彼女たちと表現したのはその宗教団体は女性信者のみで構成されているからだ。
●●●●●の山のふもと、周囲にはダムしかないような辺鄙《へんぴ》な場所にあるにもかかわらず、多くの女性たちが遠方から通い詰めており、なかにはほとんどそこで生活をしているような者もいる。ヨガや瞑想で「宇宙の真理」に近づくための修行を行うことを目的として活動しているとのことだ。
小誌は独自ルートから、この教団の黒い噂を得た。

信者の自殺が相次いでいるというのだ。なかには一家心中をしたケースまであるという。

前回は編集者自らが現地へ赴き、潜入取材を試みた。だが、予想外に守りが固く、男性であった編集者は応接室で広報担当から前述のような通り一遍の紹介を聞かされたあと、内部に踏み込むことはできず、あえなく撤退することとなった。

この度、4年の歳月を経て、小誌は再び取材を敢行。前回の反省を受け、今回は女性ライターによる潜入取材という形をとることとした。

雑誌取材ではなく、入信希望者として潜入し、信者に接触することで驚くべき内部の実態をつかむことに成功したのだ。以下が彼女によるレポートである。

＊＊＊＊＊

昼過ぎ、駅に到着。迎えの車の中で、運転手である「スピリチュアルスペース」の信者から教団についての紹介を受けた。

運転手・広報・事務・総務など信者のなかで役割はかなり細分化されているようだ。

全体を取りまとめるリーダーのような人間が数人はいるようだが、あくまで上下関係はなく、全員が対等に相手を「さん」付けで呼び合っているとのこと。

構成人数は変動はあるものの、三十人から五十人ほど。その全てが女性で、なかには家庭を持っている人間もいるそうだ。

到着した「スピリチュアルスペース」の施設は想像以上に大きなものだった。

小規模なホテルといったところだろうか。ロビーや集会所の他、浴室に食堂、ベッドのある部屋も多くあり、大人数が宿泊できそうだ。実際、多くの人間がほとんどここで生活をするような状態である様子。


応接室で、広報担当の女性から教団についての説明を受ける。事前に知っていることがほとんどではあったが、熱心に聞き入る私の様子から、見込みがあると思われたようだった。

会員費、つまりは教団の稼ぎ口についても話を聞いたが、驚くことに決まった金額を納めるような決まりはなく、各人が払える金額を払えるタイミングで納めるという。そのような方法でどうやってこの大きな建物を運営維持しているのかを問うと、信者のなかには金銭的に余裕がある人間もおり、そういった信者の気持ちで成り立っているとのこと。これについては大いに疑問の余地がある。まだ入信希望者に過ぎない私には、多くは語られていないのだろう。


リーダー格の信者に連れられて、施設内の説明を受けたあと、集会所で信者に交じってヨガをする。

定番の「猫のポーズ」や「月のポーズ」などに交じって、独自のポーズがいくつかあった。そのどれもが手を上にあげるポーズであり、近くにいた信者に聞いたところ、手をあげて少しでも天に近づくことで宇宙からのパワーを得て、チャクラを開くためのものだという。

続いて、瞑想を行う。多くの人間がいるにもかかわらず静寂が広がる光景は、なんとも居心地が悪い。形だけの瞑想をしていると、頭痛がしてきた。私のチャクラが開き始めたのだろうか？

修行と呼ばれてはいるものの、ヨガも瞑想もやりたい者が自由にするものらしく、各々に割り当てられた役割をこなす時間以外は、基本的に信者は自由に過ごしてよいらしい。縛りの少ない教団の活動は、カルト集団ということを除けば、女性の趣味のサークルのようだった。

自由時間を活用し、数人の信者に世間話という名の取材を試みた。

皆、愛想が良く、教団の教えである「感謝の心が宇宙へ導く」を実践しているようだ。話の始めに必ず「ありがとうございます」と言う。その愛想の良さがかえって薄気味悪く思える。

初めに私が話しかけた信者は50歳ぐらいの中年の女性。

聞けば夫と高校生の息子がいるのだという。気になっていた家族との関係性を聞くと、家族仲はいたって良好であり、週の半分を教団活動に従事する彼女を応援しているそうだ。

なんでも、教団に入信するのは女性でなくてはならない決まりがあるらしいが、男性でも布教活動は行ってもいいらしく、夫と息子は女性と一緒になって熱心に布教活動に打ち込んでいるらしい。

自分は入信できない宗教に家族がのめりこんでいるにもかかわらず、その宗教の布教を自らも行う、その思想が私には理解できない。

どのように布教活動を行うのかを聞くと、道で絵を配ったり、目につく場所に絵を貼ったりするのだという。教本のようなものがない代わりに、その絵が勧誘のためのツールになるのだろうか。その絵がどんなものか見せてほしいとお願いしたが、ちょうど女性の役割である清掃の時間になり、見ることはかなわなかった。


次に話を聞いたのは、若い女性。聞けばまだ20歳だという。

私が入信の経緯を聞くより先に、満面の笑みで女性は言った。

「私はもう少しで高みに行くことができそうです」

あっけに取られている私に向かって彼女は話した。どうやら、皆表立っては言わないものの、信者には2種類がいるらしい。高みへ行ける者と、行けない者だ。

高みへ行くとどうなるのかを聞くと、「宇宙の真理を得る」とのこと。

宇宙の真理を得るとどうなるのかを聞いても、要領を得ない返事しか返ってこなかった。ただ、女性の目つきが普通ではなく、恐怖を感じた。

今のところ、教団の活動に洗脳めいたものは一切見られない。生活が縛られているようにも感じない。にもかかわらず、こういった信者がいるのはどういうことなのだろうか?

最後に話を聞いたのは、40歳ぐらいの女性。

教団設立当時からの信者だそうだ。昨年、小学生の息子を亡くしたらしく、高みに行って息子に会うために修行をしているらしい。なるほど、こういった場所は心に傷を負った者にとっては、救いになるようだ。

必死で修行に打ち込んではいるものの、なかなか高みへ行くことができないと涙ながらに話す女性の姿はなんとも哀れに見えた。

思わず取材であることを忘れ、修行をするのはいいが、息子に会うために馬鹿なことは考えてはいけないと話してしまった。


信者の取材をしているうち、夕食の時間になった。

通いの者は家に帰り、施設に宿泊する者は食堂で夕食をとる。

食堂では皆、めいめいに雑談をしながら食事を楽しんでいるようだった。

私はといえば、食事がなかなか進まなかった。味がしなかったのだ。

食事係の信者が作った料理は、見た目は普通のメニューだが、そのどれもが全くの無味に感じられた。味つけが薄いのだろうか？　他の信者は全く気にしていない様子だった。結局、ほとんど残してしまった。

食事が終わると、広報担当の信者に再び応接室に呼ばれ、改めて入信の意志を問われた。

もちろん、私はさらなる追加取材のため、入信したい旨を伝えた。

満足そうな顔で「ありがとうございます」と話した信者は、入信した者だけが参加できるという、ある行事の見学を許可した。


連れていかれたのは、建物内の一室。

やけに頑丈な両開きの扉の先には、薄暗い部屋の中に十人を超える信者がいた。


それは、異様な光景だった。


部屋の中央には、木で組まれた台のようなものがあり、その上にはしめ縄を巻かれた大きな石が載っていた。

石が置かれた台を四角く囲むように四人の信者がうずくまり、床に置いた紙に一心不乱に筆で何かを描いていた。

恐らく、信者の女性が言っていた絵だろう。肩越しに少しだけ見えたのは、何かの絵と、「女」という漢字だった。

うずくまって絵を描く信者たちをさらに取り囲むように、円になった信者たちが異様な動きを繰り返していた。

手を上にあげ、飛び跳ね続けていたのだ。
信者たちは口々に意味不明な言葉を発していた。
以下は取材中密かに録音をしていた音声を書き起こしたものだ。

「るきえましらむどじえうずめ」
「めしたがははあおえましらおいずめみおちくど」
「ぞぎつましらふいえはもすもおおえ」
「あいるずめそましらうづじえみふおぽれるとずえ」
「どいーしましらめこよいあすぴくそ」
「すえいみくるるえましらおきむなし」
「あおいえふずもづいせろましらおあぶるいそ」
「ちめみふずろいてとっつすもいてとぶなるましらいけこみてる」
「ふえおいえぷしましら」
「りましらつふいととみなおいおえるつ」
「ましらしこえりぶついとてみず」

この儀式めいた光景を目にした私は、しばらく動くことができなかった。
隣でにこやかに佇む広報担当の信者に頼み、部屋から退出したあと、改めて話を聞いた。

広報担当の信者が言うには、あれは信者が高みへ行くための修行であり、人々を高みへ導くための行事なのだそうだ。

あくまで「スピリチュアルスペース」は信仰対象を持たず、中央に置かれた石は高みへ行くための道具に過ぎないという。

宇宙の力を持った石のそばで、布教のための絵を描き、それを目にした人々を救うらしい。

その周りの奇妙な動きを繰り返す信者たちは、手をあげて飛び跳ねながらそのときに頭にひらめいた音を口からそのまま発することで、石を通して力を得ているという。

仮に、そうだとしても、石に巻かれていたしめ縄は明らかに日本の神道の文化を受け継いでいる。

それについての説明を求めても、「あれは特別な石なのです」と繰り返すばかりだった。


話を聞いているうちに、私はめまいがしてきた。比喩ではなく、実際にだ。

体調が悪くなった旨を伝えても、広報担当の信者は特に心配する素振りを見せなかった。

身の危険を感じた私は、トイレを借りると伝え、個室に入り携帯電話で編集部に電話をかけた。

編集部が呼んだ救急車のサイレンが外から聞こえたところで私は意識を失った。

＊＊＊＊＊

彼女は最寄りの病院で診察を受けたが、幸い大事にはならず、無事に帰宅することができた。だが、前掲の原稿を編集部に送ったあと、再び体調を崩し、現在入院中である。

編集部は彼女が食べた食事になんらかの薬物が盛られていた可能性も考え、後日教団に電話をかけた。だが、電話は不通になっており、教団の運営するホームページも閉鎖されていた。

関西在住のライターに現地へ直接向かうよう依頼したが、施設の建物は無人となっており、レポート内の大きな石も見当たらなかったという。

日本にはまだ多くの危険なカルト教団が潜んでいる。

そのどれもが、笑顔で市井《しせい》の人に近づきながら、その実、洗脳や金銭の搾取などを行っている。

悲劇を繰り返さないためにも、小誌は引き続き悪徳なカルト教団に隠された闇を暴いていきたい。

インタビューのテープ起こし　5

【Sの引き継ぎファイル『石について－4』より】

男性「こんにちは」
女性「……こんにちは」
男性「私、記者なんですが、●●●●●についての取材で、この辺りの郷土地理を調べてるんです。名刺をお渡ししてもいいですか？」
女性「……はあ。……ああ、なんか名前聞いたことある出版社やねえ。住所東京やないの。なんでまたこんな辺鄙《へんぴ》なとこなんか調べてはるんですか？」
男性「ちょっと本の企画を考えておりまして。少しだけお話聞かせてもらえませんか？　立ち話でけっこうですので」
女性「まあ、かまいませんけど」
男性「助かります。あの向こうに見える山の上に神社がありますよね？　けっこう古くからあるんですか？」
女性「そやねえ。もうかなり古いんとちゃうかしら。昔は神主さんもいはってんけど、亡くなってからはもう何十年もほったらかしになってるって聞いてるわ。私がちっさい頃は夏になったら夏祭りしてて、境内で縁日とかもあったんやけどな。50年近く前の話やけどね。私も大人になってからはずっと行ってへんわ。うち仏教やしね」
男性「お祭りは、夏祭りだけでしたか？」

女性「えっ？　ええっと、どうやったかな。ああ。こどもの日らへんでもやってたような気ぃするわ」
男性「そうなんですね。なんの神様が祀られてるんでしょうか」
女性「なんやったかしら……厄除けの神様やったような気ぃするけど、あんまり覚えてへんわ。ごめんなさいね」
男性「……そうですか。ではその神様が石に関係しているかどうかはご存じないですよね？」
女性「石？　ああ、ましらさまのこと？　そっちなら知ってるわ。神様とは別やで。神社に祠あったやろ？　あそこに祀られてるんよ」
男性「えっ本当ですか？　あの空っぽの祠に石が？　ましらさまっていうんですか？」
女性「え？　空っぽ？　あそこにはましらさまの石が祀られてるやろ？」
男性「私が見たときはすでに石はありませんでした。人形はたくさんありましたが……」
女性「そんなはずないわ。あそこには石が祀られてるはずやで」
男性「誰かが持ち去ったのかもしれません」
女性「そんなことしてどうすんのや。罰当たりにもほどがあるわ」
男性「持ち去るような人間にお心当たりはありませんか？」
女性「そんなこと言われてもなあ……。あっ、あの人らとちゃう？　あのけったいなことしてた集団。よぉ山の辺りウロウロしてたから噂になってたし」
男性「そんな集団が？」

女性「ずいぶん前やけどあそこらへんに宗教施設みたいな建物ができたことがあったんよ。よくわからん人らがそこで色々怪しいことしてたみたい」
男性「今も活動してるんですか?」
女性「もうとっくにおらんよ。建物も、保養所かなんかになったあとはずっとほったらかしになってると思うわ」
男性「その宗教についてもう少し教えていただけますか?」
女性「いや、なんも知らんわ。薄気味悪かったし、ここらへんの人はみんな関わらんようにしてたから。詳しい人なんかおらんと思うよ」
男性「……そうなのですね。その宗教の名前は覚えてらっしゃいますか?」
女性「もう何十年も前やからねえ……。確か、カタカナの名前やったような気ぃするわ。…………なんとかスペースとか、スペースなんとかやったかな。あかんわ。思い出されへん」
男性「ありがとうございます。私のほうでも調べてみます。ところで、祀られていたましらさまについて、もう少しお聞きしてもいいですか?」
女性「ええけど、変なこと色々聞くんやねえ。私も子どもの頃に聞かされた話やからいうてもあんまり知らんけど……。ましらさまは猿の神様なんよ」
男性「猿……ですか?」
女性「そうそう。白くて大きなお猿さん。私らがちっさい頃はよぉ『遅くまで出歩いてたら、ましらさまにお嫁にもらわれるぞ』って脅かされたわ。迷信深いおじいさんとかは柿が穫れる頃になったらお供えしに行ってたなぁ」
男性「柿を？」
女性「そう、果物の柿や。知ってるやろ？　お猿さんは柿が好きや言うて」
男性「お供えしてたのは柿だけですか？」
女性「あとはあれやわ。お人形さん。おばあさんがよぉ手縫いのお人形さんお供えしに行ってた。あそこ階段多いやろ？　運動がてらちょうどよかったんとちゃう？」
男性「なるほど……人形を」
女性「ここら辺もダムのそばに国道できるときの立《た》ち退《の》きでだいぶ人減ったからね。昔はけっこう家も多かったんやけど、もうほとんど住んでる人もおらんくなったわ。ましらさまの話も、知ってる人なんかおらんのとちゃう？」
男性「その、ましらさまを実際に見たことはありましたか？」
女性「あんた何言うてんの。ほなあんた仏様見たことあんの？　ああいうのは迷信やろ」
男性「いえいえ、ましらさまの石のことです」
女性「ああ、そういうこと。あるよ。ちっさい頃に。黒くてぼこぼこした、岩みたいな大きい石が置いてあるだけやったから、なんでお猿さんとちゃうの？　ってお母さんに聞いた覚えあるわ」
男性「お母様はなんと？」
女性「そやねえ……とかなんとか。お母さんも知らんかったんとちゃう？　えらいましらさまに興味あるんやね。うちの母はもう亡くなったけど、父なら今家におるから、話聞いてみる？」

男性「いいんですか？　ぜひお願いします」

『近畿地方のある場所について』

4

「話があります」

電話口の小沢くんは心なしか怒っているようでした。
呼びつけられた私が神保町のカフェへ向かうと、彼はすでに到着しており、私が席に着くなり、一枚のプリントアウトを差し出しました。

「読んでください」

言われるがままに私はそのプリントアウトに目を通しました。
それは、●●●●●にあったというカルト教団への潜入レポートの記事でした。
最後まで読み終わらないうちに彼は言いました。

「これ、書いたのあなたですよね？」

私は驚きました。
確かに私は、女性です。
ライターとして駆け出しの頃は、仕事を選ばず、過激な記事も書いてきました。
ちょうどその頃、入院をしていた記憶もあります。

でも、そんな記事を書いた記憶はありませんでした。

私が否定すると、小沢くんは黙って記事の末尾を指さしました。

そこには、筆者のクレジットとして私のペンネームがありました。

「あなたのペンネーム、少し珍しいですよね。これがあなたじゃないなら、他に誰が書いたって言うんですか？」

私は必死で否定しました。

彼は疑いの眼差しを隠そうともせず言いました。

「じゃあ、なんですか。あなたはこのときの記憶を失ってるっていうんですか？」

言い終わったタイミングでハッとした顔をしました。

「もしかして……」

私は続きを促しました。

「『新種UMA ホワイトマンを発見！』でも『待っている』でも助かった女性はいます。そして、助かった女性はみんな記憶を失ったり、痴呆のような症状が出たりしている……あなたもそうなんですか？」

私は自分に自信がなくなっており、反応ができませんでした。

「でも、もしそうだとしたら、なぜあなたは助かったんですか？　なぜ、教団に潜入までしておきながら、こうして今も無事なんですか？」

私は、回らない頭で必死に考えました。なぜ、自分は生きているのか。なぜ、自分は「嫁」に選ばれなかったのか。なぜ、「高みへ行けなかった」のか……。

そして、ある理由に思い当たりました。


潜入レポートの記事は、２０００年のものでした。

忘れもしません。その前年、私は一人息子を事故で亡くしていました。

交通事故でした。

それが原因で夫とは離婚し、働いていた出版社を退職したあと、ライターとしてがむしゃらに働き始めました。

ただ、肉体的にも精神的にも無理をしていた私は、身体を壊して入院した、そう思っていました。

記事によれば、私が入院したのは施設でのできごとが原因だったようですが。

記事を書いたのが当時の私だとしたら、信者の女性に感情移入をしてしまい、取材を忘れて無用な声かけをしてしまったのも納得です。

それを踏まえた上で、私は小沢くんに言いました。

この山へ誘うモノは、出産していない女性を狙っているのではないかと。

漠然と若い女性を狙っているという認識だったが、この怪異はターゲットを明確に取捨選択していると。


彼はしばらく黙ったあと、口を開きました。

「確かに、そうかもしれません。いや、そうなのでしょう。疑ってしまって本当にすみませんでした」


詫びる彼に、その必要はない旨を伝えつつ、私たちは飲み物をオーダーしました。

私はブラックコーヒー、彼はアイスのカフェラテを。

彼は、飲み物を待っている間、落ち着きがありませんでした。

飲み物が運ばれてくると、受け取るなりアイスのカフェラテを一気に飲み干し、彼は言いました。

「僕、怖いんです」

＊＊＊＊＊

この記事を読んでいる最中、僕はあることに気がつきました。

記事の中で信者が口々に唱えている呪文のようなものが、僕が大学のときに聞いた社会人サークルの話に出てくる呪文にとてもよく似ています。

でも、微妙に違うんです。

でも、微妙に違うということがなぜ僕にわかるんでしょうか。

なぜ、友人から話を聞いただけの僕が、その呪文を全て覚えているのでしょうか。

友人にしてもそうです。一度聞いただけの、しかも多人数が同時に話していたであろう意味不明な五十音の羅列を、なぜ全て暗記できるのでしょう。


昨日、友達数人から連絡がありました。女友達です。

夜中に変な電話をかけてくるのをやめろって。

その友達、言うんです。僕がずっと電話口で言ってたって。

「山に行こうよ。楽しいから。行こう。山へ」

そんな電話をかけた覚えはありませんでした。

でも、発信履歴を確認したら、電話帳を上から順に、女性にだけかけていました。

あなたの話を聞いたあとに思い返すと、確かに子どものいる女性にはかけていなかったような気がします。


僕、おかしくなってしまったんでしょうか。

何をしていても、この特集についてずっと考えてしまうんです。

最初は、初めて任された仕事がうれしくて、少しハイになっているだけなのかなと思ってました。

でも、家でシャワーを浴びながら考えているときに、鏡を見て気づいたんです。鏡の中の僕、笑ってました。


でも、やっぱり楽しい。

そんな自分が怖いんです。

あなたはどうですか？

＊＊＊＊＊

私の反応を待たずに、彼は続けました。

そうです。『山へ誘うモノ』と『赤い女』と『あきらくん』についての考察を延々と。

私が話を遮ってようやく話すのをやめた彼は、一呼吸置き、言いました。

「もう少しです。もう少しな気がします。まだわからない部分は多いですが、もう少しで全部つながっていい特集になりそうなんです」

その勢いのまま、彼は続けました。

「僕、ここまで来たら一度●●●●●に行ってみようと思います」

私には彼を止める資格はありませんでした。
もう、私も無事ではありませんでしたから。
彼は行ってしまいました。

2か月後、彼は死にました。
いえ、2か月後に死体で見つかったというのが正確です。
編集部から、小沢くんと連絡が取れないと電話がありました。

彼がもう生きていないことを知っていた私は、●●●●●ダムで彼が自殺しているかもしれないと告げました。

彼は溺死体で見つかったと聞きました。面識のない女性とともに。

二人の遺体は笑っていたそうです。

皆さんに嘘をついてしまって本当にごめんなさい。

『近畿地方のある場所について』はこれでおしまいです。

インタビューのテープ起こし　6

【Sの引き継ぎファイル『石について－5』より】

老人「ましらさまについて聞きたいんやて？　えらいけったいなこと調べてんねんな」
男性「はい。ええと……けったいなとは？　ましらさまは神様なんですよね？」
老人「あれが神様？　ああ、あいつがそう言うとったんか」
男性「はい。そうお聞きしました。猿の神様だと」
老人「そうか。あれにはそう教えとったな。兄ちゃん、ええか？　話すのはかまへんけど、これはあんまり世間様に向けて書いたり話したりせんといてほしいんや」
男性「わかりました。ここだけの話にしておきます」
老人「あれはな、神様でもなんでもない。ただの男や」
男性「男？」
老人「そうや。まさるいう名前の男や」
男性「ただの男を祠まで作って祀ってるんですか？」
老人「そうせんとあかんかったからな」
男性「石も関係がありますか？」
老人「…………何から話したらええんかな。もともとは親父から聞いた話や。親父も親父から聞いた言うてたから、祖父さんが生きてた頃の話やと思うわ。明治の頃やな。ダムができる前はここら辺はうちも含めた大きい村やったことは知ってるか？」

男性「はい。存じ上げています」
老人「こんな田舎やから、村中みんな家族みたいなもんやったらしくてな。ただ、一軒、まさるんとこはちょっと変わっとったらしくてなあ。村八分とはいわんでも、腫れもんみたいな扱いやったそうやわ」
男性「何か問題があったんですか？」
老人「まさるんとこは、まだまさるがちっさい頃に親父が熊にやられて死んだらしくて、母親と二人暮らしやったんや。母親も、身体が弱くて寝たきりやったらしいわ」
男性「その、まさるが母親の面倒を見てたんですか？」
老人「そうらしいわ。母親と違って図体もでかくて、野良仕事も黙々とする真面目なやつやったそうや。ただ、母親が死んでしもて。それからちょっとおかしなってしもたみたいで」
男性「おかしく……」
老人「多分寂しかったんちゃうか。母親の面倒見るのに一生懸命で寄合にも顔出さへんで、20過ぎて嫁ももろてへんかったそうやから。家に閉じこもってけったいな人形こしらえて、一日中話しかけるようになったみたいや。自分の嫁みたいにして」
男性「村の人は放っておいたんですか？」
老人「当然みんな心配したらしいわ。ほんまの所帯持てば気も持ち直すやろいうて、村のなかで年頃の娘と引き合わせようとしたらしいわ。でもうまいことといかんかったみたいや」
男性「なぜですか？」

老人「まあ……あれやな。もともとちょっと変わったとこのあるいうか……難しいやつやったみたいやからな」
男性「……はあ」
老人「なかには、そんなまさるを面白半分にからかうやつもおったらしくてな。兄ちゃん、『柿の木問答』て知ってるか？」
男性「すみません。勉強不足で」
老人「いや、今の人は知らんやろ。簡単に言うと男と女の初夜の合言葉みたいなもんや。わしがちっさい頃もまだあったみたいやけどな」
男性「合言葉？」
老人「男が『あんたんとこは柿の木あるか？』って聞くんや。それを聞かれた女は『あるよ。ちょうど柿が実つけてる』言うんや。ほんなら男が『その実をもろてもええか』て聞く。女は『はい。どうぞもいでください』て応える。もちろん、実際柿なんてなくてもええねん。そういう会話をすることでお互いがその気があるか確かめ合うっちゅう習わしや」
男性「なるほど。興味深いですね」
老人「まあ、そういう風習があるんやけど、まさるにそれをふざけて吹き込んだやつがおったらしくてな。『柿があるか聞いたらお前も嫁がもらえるぞ』言うて」
男性「まさるはそれを実行したと」
老人「いや、何を勘違いしたんか、のべつまくなし、村中の女に『柿があるからおいで』って言いまわったんや」
男性「……なるほど」
老人「そんなやから、みんなから気味悪がられてしもて、女は誰もまさるに寄りつかんくなってしもたらしいわ」
男性「かわいそうな話ですね」
老人「……それがなあ。ある晩、まさるの家の近所の女が殺されたんや。頭割られて。犯人捜しが始まったんやけど、まさるの家の畑から血の付いた大きな石が見つかってなあ。どこから持ってきたんかわからんけど、ここら辺の山では見いひん、黒い岩切り出したみたいな大きい石や。それを見つけた女の旦那と若い衆が、まさるを囲んで滅多打ちにしたんや」
男性「……そんな。それは本当にまさるの仕業だったんですか？」
老人「そうとちゃうか。まさる本人も村の連中から問い詰められたときは自分がやった言うてたみたいやから」
男性「まさるは殺されてしまったんですか？」
老人「いや、半死半生のまま、そばにあった女を殺した大きな石に自分で頭打ちつけて死んだらしいわ」
男性「むごいですね」
老人「死に顔がまた壮絶やったみたいでな。口と目をかっ開いて死んだらしいわ」
男性「そのあとはどうなったんですか？」

老人「こんなやつを村の墓に入れたない言うて、山の林に埋めたんや。で、墓標代わりにその石を上に置いた」
男性「それがあの祠ですか？」
老人「ちゃうちゃう。それから、村の女が何人も死んだんや。けったいな死に方でな。みんなわざわざその石に頭打ちつけて死ぬんや。まさるに呼ばれた言うもんまで出てきたらしくてなあ」
男性「まさるの祟りが起きたと？」
老人「みんなそう考えたみたいやな。山の上の神社に急ごしらえで祠立てて、まさるを鎮めることにしたんや。でも、本尊がない。だから、あの石を置いて、しめ縄巻いて、『まさるさま』て呼んでお参りすることにしたそうやわ」
男性「……それでまさるは鎮まったのでしょうか？」
老人「…………………鎮まったみたいやで。みんながまさるがこだわってた柿を供えたり、人形を供えたりしてたからやな」
男性「なるほど。それがなぜ、今は『ましらさま』になってるんですか？」
老人「そりゃあ、あれやろ。こんな惨い話子どもにできへんからな。ただ、まさるのことは祀り続けんとあかん。だから、名前の似てる『ましらさま』いう猿の神様やいうことにして、言い伝えられてるんやろ。現にわしもあいつには、『ましらさま』言うてたわけやしな」
男性「……ありがとうございます。よくわかりました」
老人「あいつも言うとった思うけど、今はあの神社もあかんようなってるやろ。神様いうんは、忘れられたら悪さする言うからな。ワシも毎日仏壇でご先祖様には手合わせてるわ」
男性「……でも、まさるは、神様ではないですよね？」
老人「兄ちゃん、よぉ考えてみい。あんたも周りからもてはやされたら自分が偉くなくても、そんな気してくるやろ。それと一緒や。みんなから敬われて、恐れられて、そうしていくうちに神様になってまうんや。それが、だんだん忘れられる。神様でも仏様でも、化け物でも、みんなが知っとらんと薄れてしまうんや。だから、忘れられそうになったら悪さして自分の存在を知らしめる。そんなもんやと思うで」
男性「そうですか。お話聞かせていただきありがとうございます。……ところで、今していただいたお話は、全て本当ですか？」
老人「…………どういう意味や？」
男性「私も実はあの神社には足を運びました。石が失われた祠もこの目で見ました。あの祠、神社とおなじぐらい相当古いものだと思います。それに、木組みでできていました。私が見たところ、見える部分に釘も使われていない。神社の建物と同じです。宮大工かそれと同じ技術を持った人が造ったように見えました。急ごしらえで作ったようには見えませんでした」
老人「なんや急に。そんなことわしに言われてもわからんわ。親父から聞いた話やし。もうええか？　そろそろ飯の時間やわ」
男性「失礼しました。お話聞かせていただきありがとうございました」

神社由緒看板

【Sの引き継ぎファイル『石について－6』より】

●……●…社

由…

当社は………によ…ば、………と称……

……年…建……………。

ご…神は………………のひ…つ………………ある…

…細…不明……、……伝…よ…ば

………、天……降り……た、鬼……を喰………され……

……鎮……た……祀……………り…………。

………よ…五…三日………鎮……祭…………れ……

原稿作成用メモ←

廃神社のしげみで看板を発見

風化と何者かによる破壊・落書きにより、損傷が激しいため判読可能箇所のみ記載

『近畿地方のある場所について』 5

ここまで読まれてしまったのですね。

本当にごめんなさい。

私には、あのとき、リモートで小沢くんと打ち合わせをしたあの日からずっと、あれが見えていました。

あれが、私の耳元でずっと、「全て書け、全て広めろ」とささやきました。

寝ているときでさえ、夢の中でささやきは聞こえました。

私も踏み込み過ぎていたようです。

助かるために必死でお札を作っても、ささやきはやみませんでした。

でも、このお話を書いているときだけは、ささやきがやみました。

書き続けることだけが、私に残された助かる方法でした。

逃れるために、呪いに触れ、それを書き続けました。


なぜ、あれが呪いを広めたがっているのか、私は気づいていました。

気づきながらも、書き続け、広めました。

私は助かりたかった。まだ生きたかった。

皆さんを身代わりにしてでも。

私は、もう死んでいる小沢くんを捜していると嘘をついて、広めることにしました。

友人が行方不明になったといえば、心優しい皆さんは熱心に読んでくれるでしょう。そうでなかったとしても、●●●●●と地名を伏せれば、そこはどこなのかと推測するために続きを読みたくなるでしょう。SNSで拡散したくもなるかもしれません。

残念ながら私は知っていました。ライターとして、読者を操る効果的な情報発信の仕方を。

お話の冒頭で私が書いた「ご協力いただきたいこと」、それは皆さんがこのお話を読むことでした。


でも、私は皆さんに全てをお伝えはしたくなかった。

私に残された最後の良心であり、抵抗でした。

怪異との縁が強いほど、受ける呪いも大きくなります。

だから、何度も途中でお話を終わらせました。

皆さんがこれ以上呪いに触れなくて済むように。

でも、あれは許してはくれませんでした。

何度終わらせても、ささやきはやみませんでした。

全てを書いて、広めるまで。


私が選ばれてしまったのは、あれに近かったからでしょう。

自分に近い存在に役割を担わせることで、お札よりも強力な呪いを感染させたかったのでしょう。


自分に近い存在、つまり、母である女性です。

あれは、子どもを探して家々をのぞいていたのではありません。母を探していたのです。

自分に共感する女性を探していたのです。自分とともに子どもを育てるにふさわしい女性を。

子どもを産み、失った私、あのとき、施設で言葉を交わした私は、あれにとっては、この上なく自分に近い女性だったのでしょう。

一度は断ち切った縁を自らたぐりよせ、愚かな私は再びあれと関わってしまいました。


あれはマスコミを憎んでいました。同時に、マスコミの拡散力も身をもって知っていた。

そういう意味でも、子どもを広めて育てたいあれにとって、ライターである私は適任だったのでしょう。


あの女、赤い女は我が子をよみがえらせようとしました。

信じていたのに自分を選んでくれなかった、あまつさえ自分の子どもの命を奪った、偽りの神にすがって。それが何を意味するのかも知らずに。

我が子の死を目の前にしてさえ祈った、どうしようもなく馬鹿な女です。

そして、どうしようもなく哀れな女です。

石を盗み、お札の文字を自分の子の名に変えてよみがえらせたのは、我が子の形をしたなにかだった。

でも、女はそれを我が子だと信じた。

ただただ命を喰らうだけのなにかを育てるために、自らが呪いに加担し、さらにはお札を使ってなんの関係もない人に呪いを広めた。

怪異になり果てて、心を失ってもただただそれを繰り返した。

でも、それだけでは足りなかった。

だから、私を使ったのです。


あの怪異たちは、心など持っていません。本能にしたがって獲物を探しているだけです。

自分が神と信じていたものが、偽りの神だったと書いているときでさえ、女は悲しみもしませんでした。

人間の道理など通じないのです。怪異なんてそんなものなのでしょう。


哀れなのは女だけではありません。

根をたどればあの男も、あの子でさえも、贄でしかなかった。

贄がさらに贄を求める。皮肉なことです。

鬼は、今もどこかで人の血をすすりながら、偽りの神を生み出しています。
でも、今さらそれを知ったところでもう関係のないことです。

『近畿地方のある場所について』は本当にこれでおしまいです。
私にはもう書けることはありません。全てを書いてしまいました。
●●●●●がどこかなんて、もうなんの意味も持ちません。
皆さんはあまりにも強く縁を結んでしまった。
もう、おしまいです。

もう私には女のささやきは聞こえません。
女には許されたのかもしれません。
でも、男の子が見えます。部屋の隅に立って私を見つめています。
つまり、そういうことなのでしょう。

皆さん、本当にごめんなさい。
そして、見つけてくださってありがとうございます。

〈了〉

近畿地方《きんきちほう》のある場所《ばしょ》について

2023年8月30日　初版発行
2024年10月10日　16版発行

著　者　背筋《せすじ》
発行者　山下直久
発　行　株式会社KADOKAWA
〒102-8177 東京都千代田区富士見2-13-3
電話 0570-002-301（ナビダイヤル）

編集企画　ファミ通文庫編集部
担　当　和田寛正
デザイン　横山券露央（ビーワークス）
撮影協力　株式会社CURBON
写植・製版　株式会社オノ・エーワン
印　刷　TOPPANクロレ株式会社
製　本　TOPPANクロレ株式会社

●お問い合わせ
https://www.kadokawa.co.jp/（「お問い合わせ」へお進みください）
※内容によっては、お答えできない場合があります。
※サポートは日本国内のみとさせていただきます。
※Japanese text only

 ISBN978-4-04-737584-0 C0093　　定価はカバーに表示してあります。

※本書はWeb小説サイト『カクヨム』に掲載された作品を加筆修正したものです。

取材資料